बच्चों और किशोरों के
तनाव-प्रबंधन की हैंडबुक

चिंताओं से आगे

प्रथम संस्करण : दिसम्बर, 2025

ISBN : 978-93-48497-91-8

प्रकाशक : अनबाउंड स्क्रिप्ट
2/41, अंसारी रोड,
दरियागंज, दिल्ली - 110002
वेबसाइट : www.unboundscript.com
ई-मेल : books@unboundscript.com
फोन नं. : 011-35807601

CHINTAON SE AAGE
By Sanskriti Sharma Singh

मुद्रक : यश प्रिंटोग्राफ़िक्स, नोएडा, उ.प्र.
मूल्य : ₹ 249/-

बच्चों और किशोरों के
तनाव-प्रबंधन की हैंडबुक

संस्कृति शर्मा सिंह
मनोचिकित्सक

अभिवाकों के लिए

किशोरों के तनाव को समझना

एक मनुष्य और खास तौर से एक अभिवावक होने के नाते, हम सब अक्सर गलतियाँ करते हैं। आम तौर पर सभी माता-पिता अपने बच्चों की भावनात्मक ज़रूरतों को कम आँकने की गलती कर बैठते हैं। हमारे लिए ये समझना और स्वीकारना बहुत मुश्किल होता है कि बच्चों और किशोरों को भी अनेक कारणों से असहनीय तनाव हो सकता है। हम ये नहीं समझ पाते कि अगर उनकी परेशानियाँ छोटी होती हैं तो उनकी उनसे लड़ने की क्षमता भी कम होती है। कुल मिलाकर तनाव उनके जीवन में वही असर करता है जो हमारे जीवन में हमारा तनाव। उन्हें जो बातें परेशान करती हैं वो हमारे लिए छोटी हो सकती हैं। लेकिन जिनका दिमाग और तनाव से लड़ने की क्षमता अभी विकसित हो रही है, तनावजनक परिस्थितियाँ उन्हें इतना प्रभावित कर सकती हैं कि परिणाम सोचना भी नामुमकिन है।

इसमें कोई शक नहीं कि माता-पिता हमेशा बच्चों के लिए अच्छा ही सोचते हैं और उनकी हर मुमकिन तरीके से सहायता करना चाहते हैं।

लेकिन चाह कर भी कभी-कभी हम बच्चों और किशोरों की समस्याएँ नहीं समझ पाते। यदि समझ भी पाएँ तो खुले दिमाग से, बिना कोई धारणा बनाये, उनकी मदद करने में सफल नहीं हो पाते हैं। यही कारण है कि आमतौर पर बच्चे अपने मन की बातें किसी समझदार बड़े से साझा कर ही नहीं पाते। उन्हें मालूम होता है कि इसका नतीजा कुछ निकलने वाला है नहीं।

मानसिक स्वास्थ्य समस्याएँ बच्चों और किशोरों में काफी सामान्य हैं। इस उम्र में तेज़ी से हो रहे शारीरिक और मानसिक बदलावों के कारण कई दबी हुई समस्याओं को भी हवा मिल जाती है। यदि हम ये समझ पाएँ कि बच्चों की समस्याएँ वास्तविक और गंभीर हैं, तो हम उन्हें सही दिशा देने में सफल हो सकेंगे। उम्र के इस पड़ाव पर यदि हम उन्हें साथ और सहानुभूति देंगे तो आगे चलकर वो आत्मनिर्भर और आत्मविश्वासी वयस्क बन सकेंगे।

इस स्पष्ट ज़रूरत को देखते हुए, हमने बच्चों और किशोरों के लिए इस किताब में कुछ ऐसे सुझाव और निर्देश साझा किये हैं, जो उन्हें तनाव से लड़ने में मदद करेंगे। यदि इसके बाद भी समस्याएँ बनी रहती हैं या फिर उनकी तीव्रता बढ़ती है, तो किसी मनोचिकित्सक से परामर्श अवश्य लें। आशा करते हैं कि यह किताब आपके बच्चों के लिए एक महत्त्वपूर्ण रिसोर्स बन सकेगी।

आपकी पहल का आभार, आपके प्रयासों के लिए शुभकामनाएँ!

पाठकों के लिए

जल्दी प्रयास, शीघ्र फायदा

अगर आपने ये पुस्तक स्वयं अपने लिए चुनी है, तो दो ही बातें संभव हैं। दोनों का मतलब यही है कि आप बिलकुल सही सोच रहे हैं।

पहली बात तो यह कि यदि आप कुछ समय से अपनी चिंताओं से जूझ रहे हैं तो ये किताब आपकी कोशिशों को कामयाब बनाने की दिशा में एक असरदार कोशिश सिद्ध होगी। दूसरी संभावना यह है कि तनाव से आपका वास्ता नया-नया पड़ा है और आप उसे शुरू में ही पटकी देना चाहते हैं। यह तो और भी बढ़िया है और आपकी मानसिक शक्ति और संतुलन को बताता है। दोनों ही स्थितियों में आपके तनाव के दिन खत्म समझिए। अपनी समस्याओं के प्रति आपकी जागरूकता और स्वयं समाधान तलाशने की कोशिश अत्यंत सराहनीय है। हममें से बहुत कम लोग ही अपने मानसिक स्वास्थ्य के प्रति इतने जागरूक होते हैं। एक बात और संभव है कि ये पुस्तक आपको किसी ने भेंट की है, तो भी आप बहुत भाग्यशाली हैं कि जीवन में तनाव की स्थिति आने से पहले ही आपको समझने, समझाने

और सशक्त बनाने की कोशिश करने वाला भी कोई है। बहुत कम लोगों को ऐसा साथ और सहायता मिलती है।

आपकी उम्र में अक्सर किशोर अपनी समस्याओं से अनजान और उन्हें समझने में अक्षम होते हैं या फिर उन्हें सिरे से नकार देते हैं। अगर किसी तरह से वह अपनी परेशानियों को समझ भी लें तो भी उनके पास उनसे लड़ने की समझ, अनुभव और साधन नहीं होते। अफ़सोस कि उनके आस-पास के लोग ये सोच लेते हैं कि किशोरावस्था में व्यक्ति बेपरवाह और सभी चिंताओं से मुक्त होता है। इस कारण से जितनी सहायता किशोरों को मिलनी चाहिए, उतनी नहीं मिल पाती। ऐसे में अपनी भावनात्मक ज़रूरतों को पूरा करने की ज़िम्मेदारी स्वयं आपके कन्धों पर आती है।

इस किताब का उद्देश्य बालपन और किशोरावस्था के हर पड़ाव से जुडी सभी चिंताओं पर काबू पाने के तरीकों और संसाधनों को एक जगह उपलब्ध कराना है। इस पुस्तक में तरीके, सुझाव, स्वयं सहायता गतिविधियों और अभ्यासों के माध्यम से किशोरों में आत्म जागरूकता और सेल्फ हेल्प को बढ़ावा देने की पूरी कोशिश की गयी है। इस पुस्तक में दिए गए कुछ सुझावों पर काम करना आपको कई बार कुछ मुश्किल अवश्य लगेगा, लेकिन हर चीज़ की तरह ये भी नियमित अभ्यास करते रहने से सरल, सहज और निरंतर बेहतर होता जाएगा। आपको बस आत्मविश्वास बनाये रखना होगा, ध्यान बनाये रखना होगा और निरंतर प्रयास करते रहना होगा। सबसे बड़ी बात यह भरोसा बनाये रखना है कि तनाव को आपका पीछा छोड़कर भागना ही पड़ेगा।

आशा है आप जो खोज रहे हैं, वह सब इस किताब में आपको मिलेगा!

अनुक्रम

एक

चिंता का बुलबुला

साबुन का बुलबुला तो आपने ज़रूर देखा होगा। यह गुब्बारे जैसा होता है। जितना उसे फुलाओ फूलता जाता है। फिर हवा का झोंका आते ही इधर से उधर तब तक उड़ता रहता है जब तक कि किसी दूसरी चीज़ से टकरा कर फूट न जाये। बच्चे थोड़ी देर तक ही उसे महत्त्व देते हैं, पकड़ने की कोशिश भी करते हैं, लेकिन वह बुलबुले उनके हाथों से टकरा कर फूट जाते हैं। बचपन में हम सबने साबुन के इस तरह के बुलबुले खूब फुलाए हैं और उनसे कभी डरे नहीं।

खोखले डर : चिंता भी एक ऐसा ही बुलबुला है। हमारे दिमाग में बनता है। जितना उससे डरते हैं, ये बुलबुला बड़ा होता जाता है और हमारे मस्तिष्क में इधर से उधर घूमता रहता है। चिंता का ये बुलबुला बड़ों और बच्चों दोनों को ही समान रूप से परेशान करता है। मन में बुरे-बुरे विचार लाता है। जिसको भी चिंता सताती है उसके लिए जीवन की किसी भी चीज का आनंद लेना और सामान्य रहना मुश्किल हो जाता है। चिंता की तुलना बुलबुलों से इसलिए की जाती है क्योंकि चिंताएँ भी उन्हीं की तरह खोखली होती हैं। यह डर होते हैं कि हमारे साथ या हमारे किसी अपने के साथ कुछ गलत हो जाएगा या जो ठीक हो गया है वह लंबे समय तक नहीं रहेगा। कभी-कभी, ये चिंताजनक विचार दुःखद मानसिक स्थितियों के साथ ही भयानक सिरदर्द, शरीर में दर्द या पेट की परेशानियों का कारण भी बन जाते हैं।

निपटना आसान: आपको ऐसा लग सकता है कि आप अकेले ही चिंताओं से गुजर रहे हैं। क्योंकि आपको अपने आस-पास हर कोई ठीक-ठाक ही दिखेगा। एक बार फिर सोचिए। जिस तरह आप अपनी चिंताओं को कई लोगों के साथ साझा नहीं करते हैं, शायद वे भी आपको अपनी बात नहीं बताते। तनाव बाहर की ओर दिखाई नहीं देता है, इसलिए दूसरों को भावनात्मक रूप से किस चीज़ से गुजरना पड़ रहा है, यह समझ पाना आसान नहीं है। लेकिन निश्चिंत रहें। हर कोई आपकी तरह ही किसी न किसी बात की चिंता करता है। चिंता का बुलबुला हरगिज़ महत्त्वपूर्ण नहीं है, बस आपको उसे बनाना बंद करना पड़ेगा। कोई दूसरा आपको चिंता दे ही नहीं सकता। मान लीजिए आपके सामने किसी दूसरे बच्चे ने बुलबुला फुलाकर आपकी और उड़ाया और कहा ले ये रही खतरनाक चिंता। तब आप उसे फोड़ने में कितना समय लगायेंगे? चिंता से निपटना भी इतना ही आसान है। आपको ये मालूम होना चाहिए कि वह चिंता क्यों है? किस कारण से है? उसका निपटारा आपके बस में है या नहीं?

तैयारी में है समाधान: जीवन के कई क्षेत्र हैं जो आनंद और दर्द दोनों के निरंतर स्रोत होते हैं जैसे घर, स्कूल, आसपास का वातावरण और आपका व्यक्तित्व। हालाँकि इन सभी में कुछ न कुछ चिंताएँ ज़रूरी भी हैं। बहुत-सी चिंताएँ, हमारी दिनचर्या से जुड़ी होती हैं। जैसे बहुत सुबह उठना। इसका समाधान तो आपको मालूम ही है। अलार्म लगाइए या किसी बड़े को बताइए, समय से उठ जाइए। परीक्षाओं के दिनों में किस दिन क्या पढ़ना है? ये भी चिंता का विषय होता है। इसका आजमाया हुआ समाधान है, परीक्षाओं के समय का टाइम टेबल बनाकर उसका पालन करना। परीक्षाओं में तीन घंटे के समय में क्या हम सही प्रदर्शन कर पायेंगे? इसका समाधान है पुराने प्रश्न पत्रों के आधार पर तैयारी करना। लेकिन कुछ चिंताओं से निपटना इसलिए कठिन होता है क्योंकि वे गलत सोच, अनुचित फैसले, कार्य-व्यवहार में लापरवाही और हमारे खुद के व्यवहार के कारण उत्पन्न हो जाती हैं। इस पर हम आगे चर्चा करेंगे।

तनाव स्वाभाविक है: संगीत के बारे में सोचिए। किसी भी सितार, गिटार, वायलिन, संतूर और मैन्डोलिन से मधुर धुन निकालने के लिए उसके तारों को कसा जाता है। आपने देखा है न? तबला, ढोलक और ड्रम को भी इसी तरह टाईट किया जाता है। बांसुरी और उसी तरह के वाद्यों में छेद किये जाते हैं। कई अन्य वाद्य यंत्रों में तनाव के लिए कीज़ (कुंजियों), स्टिक्स, पैडल्स तथा हवा भरने और उसे निकालने की व्यवस्था से संगीत की ध्वनियाँ उत्पन्न की जाती हैं। यह सब कहने का अर्थ यही है कि बिना तनाव के तो संगीत भी नहीं बनता-बजता और तैयार होता। एक बार फिर से सोचिए कि तनाव जीवन का एक स्वाभाविक हिस्सा है या नहीं? यदि तनाव नहीं हो, तो हम परीक्षा के लिए कैसे अध्ययन करेंगे? कैसे समय पर स्कूल पहुँचेंगे? कैसे अपना होमवर्क पूरा करेंगे? थोड़ा-सा तनाव हमें बेहतर काम करने में मदद भी करता है। इसलिए पूरी तरह से चिंतामुक्त रहना ज़रूरी नहीं है। हम रोबोट नहीं हैं बल्कि हर तरह की भावनाओं वाले इंसान बने रहना चाहते हैं, जो अच्छे भी हैं और और कभी-कभी बुरे भी।

चिंता की समझ: जब चिंता सहनशक्ति से अधिक हो जाती है, तो किसी भी व्यक्ति में कई शारीरिक और मानसिक परिवर्तन दिखने-अनुभव होने लगते हैं। तब चिंता एक बीमारी बनने की ओर बढ़ने लगती है। हमें परेशान करने लगती है। हमें उन कामों तक को करने से रोकती है, जिनमें हमें आमतौर पर बहुत आनंद आता है। यह वो समय होता है जब हमें चिंता से सुनियोजित तरीके से निपटने की आवश्यकता होती है। लेकिन यदि आप चिंताओं के उस पड़ाव तक पहुँच गए हैं, तो उसका आपको कैसे पता चलेगा?

ये जानना बहुत आसान है। यहाँ कुछ संकेत दिए गए हैं, जिनसे उनका पता चल सकता है। आप स्वयं में निम्नलिखित में से एक या अधिक संकेत देख सकेंगे:

1. **अत्यधिक चिंता और भय:** छोटे-छोटे मामलों को लेकर भी गहरी चिंता होने लगती है।
2. **ध्यान केंद्रित करने में कठिनाई:** किसी भी काम में मन नहीं लगता और एकाग्रता नहीं आ पाती।
3. **चिड़चिड़ापन:** स्वभाव में चिड़चिड़ापन, स्कूल जाने से चिढ़ना और जल्दी धीरज खो देना।
4. **थकावट और नींद:** हर वक़्त अकारण थकान, सोने में कठिनाई और बीच-बीच में नींद खुलना।
5. **अकेलापन:** मित्रों और परिवार से भी दूर रहने का मन करना। कुछ स्थानों और स्थितियों से बचना।
6. **भोजन:** खाने से अरुचि, बहुत कम खाना या भूख न लगना।
7. **पीड़ा:** शरीर में विभिन्न प्रकार के दर्द, लगातार सिरदर्द, पेट दर्द और अपच की शिकायत होना।

8. **धड़कन:** दिल की धडकनों का असामान्य लगना।

9. **आशंकाएँ:** निराशाजनक और नकारात्मकता सोच में बढ़ोतरी। लगातार कुछ गलत होने का भय सताना।

सही मौका

यदि आप इनमें से कुछ समस्याएँ महसूस करते हैं, तो इस चिंता नाम के बुलबुले को फोड़ने का सही समय आ चुका है। यह काम बिल्कुल भी डरावना नहीं है। साबुन का बुलबुला फोड़ने से क्या डरना! चिंता के बारे में आमतौर पर समझ में नहीं आने वाली बहुत-सी बातें हैं। याद रखिए किसी भी प्रकार के दुश्मन से निपटने में पहला कदम उसे पूरी तरह से समझना है। तो आइए बात यहीं से शुरू करते हैं।

विचार और व्यवहार

हर किसी के मन में नकारात्मक विचार आते ही हैं। यह पूरी तरह से स्वाभाविक और ज़रूरी है। हमें इस चीज़ पर ध्यान देना चाहिए कि नकारात्मक विचार आने पर भी हम खुद नकारात्मक व्यवहार से बचें। भले ही हमारे विचार और भावनाएँ स्वाभाविक हैं और हमारे बस में नहीं हैं। लेकिन हमारा व्यवहार तो हमेशा हमारे नियंत्रण में ही होता है। चिंता के कारण हम एक निश्चित तरीके से व्यवहार करने के का दबाव महसूस कर सकते हैं। लेकिन हम अपनी भावनाओं के अधीन नहीं हैं। हम किसी भी परिस्थिति में सामान्य व्यवहार कर सकते हैं। यदि हम ऐसा ठान लें तो। यह तो कर ही सकते हैं न?

चिंता की भी चिंता

जैसे कि पहले चर्चा की गई है, चिंता करना सामान्य है। लेकिन जब हम चिंतित होने के बारे में ही चिंता करने लगते हैं, जैसे: मुझे चिंताजनक

विचार क्यों आते हैं? तब समस्या और भी बिगड़ जाती है। चिंता की चिंता तो जलती आग में पेट्रोल डालने जैसा है और इससे किसी को कभी कोई फायदा कभी नहीं होता। साबुन के बुलबुलों को याद कीजिए, उनको आप फूँक मार कर फोड़ सकते हैं। लेकिन यदि दो तीन बुलबुले एक साथ मिल गए तो आपस में चिपक कर या तो बड़ा बुलबुला बनायेंगे या फिर तीनों एक साथ उड़ते फिरेंगे। आपकी चिंता से उनका कुछ बिगड़ेगा नहीं। फोड़ना ही पड़ेगा उनको।

टिकाऊ नहीं चिंता

किसी भी अन्य भावना के मुकाबले, चिंता बहुत कमज़ोर है। आसमान में छा जाने वाले बादलों की तरह यह स्वयं आती है और कुछ देर ठहर कर चली जाती है। अगर ये लम्बे समय तक रहती है, तो केवल इसलिए क्योंकि हम उसे अपने विचारों में उलझाए रखते हैं। कल्पना कीजिए कि आप एक सार्वजनिक पार्क में बैठे हैं। असंख्य लोग आएँगे और जाएँगे। आप उन पर ध्यान भी नहीं देंगे या बाद में उन्हें याद भी नहीं करेंगे। लेकिन यदि आप उनसे बात करने और यह पता लगाने का निर्णय लेते हैं कि वे पार्क में क्या कर रहे हैं, तो आप उन्हें बहुत बाद तक भी याद रखेंगे।

नकारात्मक विचार ऐसे ही होते हैं। अगर आप उनसे उलझेंगे नहीं तो वे आएँगे और चले जाएँगे। लेकिन अगर आप चिंता करते हैं कि आप इस तरह के विचार क्यों कर रहे हैं और उन विचारों के बारे में सोचते हैं, तो वे निश्चित रूप से आपके मन में लंबे समय तक बने रहेंगे। सिर्फ नकारात्मक विचार ही नहीं, हर तरह के विचार और भाव मन में आते-जाते रहते हैं। हमारा दिमाग इसी तरह ही तो काम करता है!

ऐक्टिविटी -1

शान्त बैठिए। ध्यान लगा कर लगातार पंद्रह मिनट तक अपनी पसंदीदा चीज़ या व्यक्ति के बारे में सोचें चाहे वो आपका फेवरेट कलाकार हो, गायक, खिलाड़ी या और कोई विषय हो उनके बारे में सोचिए।

आप पाएँगे कि कुछ ही देर में आपका मन भटकने लगेगा। हमारा मन अगर हम कोशिश करें तब भी किसी विषय पर ज़्यादा देर तक नहीं टिकता और स्वयं ही भटक जाता है। इसका मतलब कि अगर आप अपने दिमाग को नकारात्मक विचार सोचने देंगे तो भी वो कुछ समय में खुद ही उनसे अपना ध्यान हटा लेगा। इसे हम मनोविज्ञान में विरोधाभासी इरादा कहते हैं।

चिंता का सामना

यदि आप उन चीजों से बचने की कोशिश करते हैं जो आपको चिंतित करती हैं, तो यह प्रभावी नहीं होगा। दरअसल, ऐसा करने से आप इस तरह की चीजों के प्रति अपनी संवेदनशीलता बढ़ा लेते हैं। दूसरी ओर उनका सामना करना ही वह विकल्प है जो आपकी मदद कर सकता है। यदि आपके साथ साइकिल चलाते समय कोई दुर्घटना होती है और आप फिर कभी साइकिल नहीं चलाने का फैसला करते हैं, तो क्या आपको लगता है कि कभी ऐसा समय आएगा जब आपका डर जादुई रूप से गायब हो जाएगा? दूसरी ओर, फिर से साइकिल चलाने की दिशा में एक समय में एक कदम उठाने का निर्णय लेने की कल्पना करें। सबसे पहले, पीछे की सीट पर बैठना जबकि अन्य लोग साइकिल चलाएँ, फिर साइड में लगे पहियों के साथ साइकिल चलाना, फिर किसी के पकड़ने पर साइकिल चलाना और फिर अंत में बिना मदद के। जरा सोचिए, इनमें से कौन-सी दो रणनीतियों से आपको मदद मिलने की संभावना है?

संभावना की आशंका

जब हम भविष्य के बारे में सोचते हैं, तो चीजें ज़्यादा डरावनी लगती हैं। ऐसा इसलिए होता है क्योंकि हम उन अच्छी चीजों पर ध्यान नहीं देते जो हो सकती हैं। सोचिए अगर किसी ने आपको नया साल 2020 मनाते हुए कहा होता कि कुछ ही महीनों में सब कुछ बंद हो जाएगा, महामारी आ जाएगी और तब हमारे जीने का तरीका हमेशा के लिए बदल जाएगा। यह सुनकर आपकी क्या प्रतिक्रिया होती? मुझे यकीन है कि आपको बहुत अधिक डर तथा चिंता का सामना करना पड़ता। लेकिन अब हमें देखिए। हम सब ठीक ही हैं। महामारी का वह समय जा चुका है। हम धीरे-धीरे अपने जीने के तरीके में आए बदलावों से सहज हो चुके हैं। हम अपना हर पल डर में नहीं गँवा रहे। जबकि महामारी का संकट अब भी हमारे सिर से टला नहीं है।

विचार बिंदु: *ज़रा सोचिए उस समय के बारे में जब आपने ऑनलाइन क्लास करना शुरू किया था। तब आपका जो अनुभव था, उसकी अभी के समय से तुलना करें।*

आप देखेंगे कि आपकी धारणा में काफी अंतर आया है। ऐसा इसलिए क्योंकि जब किसी चीज़ की आदत पड़ जाती है तो उससे जुड़ी हुई चिंता कम हो जाती है।

चिंता मददगार नहीं

लंबे समय तक चिंता करने वालों को विश्वास हो जाता है कि कुछ हद तक चिंता करना अच्छा है क्योंकि वह आपको प्रेरित करती है। उदाहरण के लिए, आप सोच सकते हैं कि क्योंकि मैं मंच पर बोलने से पहले चिंता करता/करती हूँ, इसलिए मैं अपने प्रदर्शन पर ध्यान केंद्रित करने और बेहतर करने में सक्षम हूँ। वास्तव में किसी चीज़ पर काम करने के लिए इस

तरह आपको चिंतित होने की जरूरत नहीं है। कभी-भी हम ये भी मान लेते हैं कि चिंता करना ही बुरी चीजों को होने से रोकता है। इसी सोच के चलते कई अंधविश्वासों को बढ़ावा मिलता है। चिंता का वह बेकार-सा बुलबुला कभी-कभी ऐसे ही हमें डरा कर हरा देता है। हालांकि उसके बाद भी वह फूट ही जाता है। लेकिन तब तक बहुत देर हो चुकी होती है।

बेकाबू चिंता

हर कोई आपको सलाह देता है, चिंता मत करो। यह सलाह पूरी तरह व्यर्थ है क्योंकि चिंता करना आपके नियंत्रण में है ही नहीं। अगर ऐसा होता तो आप कभी चिंता नहीं करते। चिंता तो अचानक ही आती है। ज़रूरी केवल यह है कि आप चिंता का अनुभव करने के बाद उससे कैसे निपटते हैं? बस यही चीज़ मायने रखती है। यही तय करता है कि चिंता आपके साथ रहेगी या जाएगी। आप इसे आने से नहीं रोक सकते हैं, लेकिन यदि आप अपना ध्यान इस पर लगाते हैं और कुछ सहायक तकनीकें सीखते हैं, तो आप निश्चित रूप से अपनी चिंताओं को पीछे छोड़ सकते हैं!

चिंता से निपटना एक व्यक्तिगत यात्रा है, और हर व्यक्ति के लिए इसकी तकनीकें अलग-अलग हो सकती हैं। सबसे महत्त्वपूर्ण है कि आप अपनी चिंता को पहचानें और उसे सकारात्मक तरीके से प्रबंधित करने का प्रयास करें। चिंता एक स्वाभाविक प्रतिक्रिया है, इसलिए यह महत्त्वपूर्ण है कि हम इसे कैसे प्रबंधित करें?

आइये, पहले ये समझते हैं कि आपको किस प्रकार की चिंताएँ हैं। इसके बाद हम इस पर विचार करेंगे कि उनसे कैसे निपट सकते हैं?

अभ्यास-1

उन सभी परिस्थितियों की सूची तैयार करें, चिंता के कारण आप जिनका सामना नहीं कर पा रहे हैं। जो चिंता या स्थिति आपको जितना अधिक सताती है, उसका नाम लिख कर, उसे एक से दस तक के बीच अंक दें।

1.

2.

3.

4.

5.

6.

7.

8.

9.

10.

यदि आपको लगता है उनके लिए सूची में स्थान काफी नहीं है तो अपनी डायरी या किसी छोटी कॉपी में अलग से सूची बना सकते हैं। इसके बाद हमें अभ्यास-2 को शुरू करना है:

अभ्यास-2

ऊपर दिए गए अभ्यास को देखें। एक-एक करके कम तीव्रता की चिंताओं से लेकर ज़्यादा अंक पानेवाली चिंताओं का सामना करना शुरु करें। यदि आपको ज़्यादा समस्या हो तो हर परिस्थिति को कई छोटे-छोटे भागों में बाँट सकते हैं। इस बारे में घर के बड़े आपकी बहुत खुशी से मदद करेंगे।

याद रखिए आपको सारे अभ्यास एक ही दिन में नहीं करने हैं। खुद पर बहुत जोर भी मत डालिए। जितना आसानी से हो पाए, उतना ही कीजिए। ऐसा न किया तो आपकी रुचि इस काम में इसलिए खत्म हो जाएगी क्योंकि आप अपने प्रयासों के परिणामों और अपनी जीत का आनंद नहीं ले पायेंगे। अब एक अत्यंत महत्त्वपूर्ण आदत डालने का अभ्यास। यह आदत ऐसे ही है जैसे सुबह का मंजन है। नाश्ता करना है। स्कूल के लिए तैयार होना है। किसी टूर्नामेंट को देखना है या उसमें भाग लेना है। नीचे दिए गए अभ्यास को अपनी दिनचर्या बनाइए। निस्संदेह इससे आपको बहुत लाभ मिलेगा।

अभ्यास-3

प्रतिदिन 20 मिनट "चिंता का समय" निर्धारित करें। इस समय में सभी नकारात्मक विचारों को आने दें। उन पर ध्यान दें और उनसे जुड़ी हर चिंता को लिखिए। इस सूची को पढ़ कर आप बाद में भी स्वयं को मजबूत बनाने का अभ्यास कर पायेंगे, सलाह ले पायेंगे।

दो

विनाशकारी सोच

कुछ विचार चिंता की आग को भड़काने और फैलाने में उसी तरह से मदद करते हैं, जैसे कोई किसी आग में घी या पेट्रोल डाल दे। असल में ये विचार किसी भी चिंता से जुड़े वे डर, आशंकाएँ, भ्रम और तर्क होते हैं, जिनका सीधे तौर पर चिंता से कोई मतलब नहीं होता है। वास्तव में, हमारे विचार और मानसिकता चिंता को बढ़ाने या कम करने में महत्त्वपूर्ण भूमिका निभाते हैं। जब हम चिंता को बढ़ावा देने वाले विचारों में उलझ जाते हैं, तब छोटी-सी चिंता भी बेकाबू हो जाती है।

ग़लत समझः

जब हम किसी भी चिंता को लेकर, जोड़-घटाव और गुणा-भाग में लग जाते हैं। तब हमारे डर, आशंकाएँ और भ्रम हमें उल-जुलूल किस्म के तर्क देते हैं कि ऐसा किया तो ये होगा, वैसा किया तो यूँ हो जाएगा। लेकिन

कुछ न किया तो जो होना है वो होगा ही। इससे चिंता बेकाबू हो जाती है। ऐसे ही निराधार डर और भ्रम हमें वास्तविकता से दूर ले जाते हैं। इनके साथ बह निकलने से किसी का कोई भला नहीं होता। अलबत्ता ये हमारे मन में हर तरह की निराधार आशंकाएँ भर देते हैं। इन परिस्थितियों को मनोविज्ञान की भाषा में "गलत-समझ" कहा जाता है। वैसे तो हर किसी के मन में समय-समय पर ये नकारात्मक विचार आते रहते हैं। जब भी हम किसी कठिन परिस्थिति में होते हैं तो ये अपना कुत्सित सिर उठाकर हमें परेशान करते हैं। ये अतार्किक और आमतौर पर अत्यधिक विचार, तीव्र भावनाओं को जन्म देते हैं जो हमें अभिभूत कर देती हैं और हमें तर्कहीन तरीके से व्यवहार करने पर मजबूर कर देती हैं। इसके अपने अलग कारण हुआ करते हैं।

घातक धारणाएँ:

गलत समझ बिना किसी वजह के पैदा नहीं होती। इसके अनेक कारण होते हैं। अनेक बार तो किसी एक नकारात्मक अनुभव को सभी अनुभवों पर लागू करना। इसका मूल कारण निराधार संदेह होता है। जैसे पहले मुझे असफलता मिली है और अब फिर वैसा ही होगा। मेरा तो भाग्य ही खराब है। दूसरी बड़ी समस्या है अपनी मुश्किलों को जरूरत से ज्यादा बढ़ा-चढ़ा कर अनुभव करना और उनकी गंभीरता को खुद ही बढ़ाना। हमें यह समझना होगा कि ऐसी धारणाएँ, आशंकाएँ, भय और भ्रम किसी सच्चाई के बजाय ज़्यादातर गलत कल्पनाओं और अनुमानों पर टिकी होती हैं। इसको समझना आसान है। जब भी आपके मन में कोई चिंताजनक विचार आए, उसे पहचानें और समझें कि यह वास्तविकता है या आपकी कल्पना? सोचिए कि जैसा मेरा भय है, वह हकीकत कैसे बन सकता है? आपको अपना ध्यान वास्तविक तथ्यों पर ध्यान केंद्रित करना चाहिए न कि अपने डर और भ्रम पर। अपनी गलत धारणा को बदलने की जोरदार कोशिश

कीजिए। विश्वास कीजिए कि प्रत्येक कठिनाई अस्थायी है और उससे निपटने का हौसला ही सफलता दिलाता है। इससे आपकी चिंता कम होगी और आप अधिक तर्कसंगत व्यवहार करेंगे।

मैं, मैं और मैं:

इस तरह की सोच हर चीज़ के लिए खुद को दोषी ठहराती है। जब हम अत्यधिक चिंता करते हैं, तो यह सोच स्वाभाविक रूप से हमारी एकाग्रता तथा फोकस को हमारे भीतर की ओर मोड़ देती है। यह स्थिति हमें विश्वास दिलाती है कि सभी समस्याओं का कारण भी हम हैं और उनके समाधान भी हम नहीं ढूंढ पा रहे। यही सोच हमें अनावश्यक रूप से खुद को दोषी ठहराने और जिम्मेदार ठहराने की ओर ले जाती है। मनोविज्ञान में इसे व्यक्तिकरण (पर्सनलाइज़ेशन) कहा जाता है। इसके कारण हम हर छोटी-बड़ी नाकामी के लिए खुद को जिम्मेदार मान कर, अपने में ही कमियाँ ढूँढने लगते हैं। यह भूल जाते हैं कि हर समस्या हमारे नियंत्रण में नहीं होती और कई बाहरी कारक भी इसमें शामिल होते हैं। हम यह समझ नहीं पाते कि हर परिस्थिति पर हमारा नियंत्रण नहीं होता और यह सामान्य बात है। ऐसी सोच हमें सहायता मांगने से भी रोकती है। ज़रा सोचिए, किसी की लापरवाही से कोई फिसल कर गिरा और उसके पैर की हड्डी टूट गयी। तब उसे क्या करना चाहिए?

अतार्किक विचार: आज मेरा दोस्त परेशान था, ज़रूर वो मुझसे नाराज़ होगा।

प्रश्न जो आपको खुद से पूछने चाहिए:

- क्या मेरे दोस्त ने कहा कि वह मुझसे नाराज़ है?
- यदि नहीं, तो क्या मेरे पास कोई सबूत है कि उसकी चिंता का कारण मैं हूँ?
- क्या मेरे दोस्त के परेशान होने की कोई और वजह भी हो सकती है?

इन प्रश्नों से आप समझ पाएँगे कि अधिक संतुलित विचार क्या होगा?

संशोधित विचार: मेरा दोस्त परेशान है। लेकिन यह कहा नहीं जा सकता कि उसका कारण मैं या मेरा व्यवहार है!

दाँत में दर्द उठा और कुछ देर में असहनीय हो गया। तब क्या करेंगे? स्कूल में कोई पाठ समझ नहीं आ रहा। तब क्या करेंगे? आपने जो सोचा है, वह एकदम सही है। हम विशेषज्ञों की मदद मांगेंगे। वही हमारे काम आयेगी। आइये, अब इस प्रक्रिया को कुछ अलग तरह से समझते हैं। कुछ अभ्यास करते हैं :

बेबस दिल

यह तब होता है, जब आप अपनी भावनाओं को तथ्य मान लेते हैं। ऐसा इसलिए होता है क्योंकि भावनाएँ शक्तिशाली होती हैं जबकि तार्किक विचार सूक्ष्म होते हैं। जब हम अपनी भावनाओं को ही तथ्यों के रूप में देखने लगते हैं, तो अपने तथा औरों के बारे में ही नहीं बल्कि स्थितियों को समझने के मामले में भी हमारी गलतफहमियाँ और चिंताएँ बढ़ सकती हैं। लेकिन यह सामान्य मानव प्रवृत्ति है। इस पर सोच-विचार और अभ्यास से नियंत्रण किया जा सकता है।

ज़्यादा भाव न दीजिए

सबसे पहले अपनी भावनाओं को पहचानें। जब भी मन में कोई भावना उभरे उसे समझें, पहचानें और स्वीकारें। सबसे पहले मानें कि यह एक भावना है, कोई तथ्य नहीं। इसके बाद अपने विचारों को परखें और देखें कि क्या वे तर्कसंगत(लॉजिकल) हैं। इसके साथ ही यह सोचें कि इस स्थिति को देखने का क्या कोई अलग दृष्टिकोण संभव है। आपके मन में उठने वाले विचारों तथा आशंकाओं का प्रमाण क्या है? ये सोचें। अपने विचारों और भावनाओं को लिखने का अभ्यास करें। इससे आपको यह तय करने में मदद मिलेगी कि कौन से विचार तर्कसंगत हैं और कौन से नहीं? खुद को समझाइए: "यह मेरी भावना है, लेकिन इसका मतलब यह नहीं है कि यह सच भी है।" अधिक परेशानी हो तो किसी विशेषज्ञ से सलाह करने में कोई संकोच मत कीजिए।

अब एक छोटा-सा अभ्यास:

विचार बिंदु: कल्पना करें कि आप टेलीविजन पर कोई कार्यक्रम देख रहे हैं। आपकी माँ, आपको दूसरे कमरे से अपने पास बुला रही हैं। टीवी के शोर में, क्या आप उनको सुन पाएँगे?

इसी तरह, तर्क की सूक्ष्म और मधुर आवाज़ को हम अपनी भावनाओं के शोर के कारण सुन नहीं पाते। समझदारी इसी में है कि कुछ समय के लिए भावनाओं के टीवी कार्यक्रम को पॉज पर ले लें और जाकर माँ की बात सुन लें। इसमें आपका कभी कोई नुकसान नहीं होने वाला।

आशंकाओं के कल्पित किले

आशंका और डर को सभी कभी न कभी अनुभव करते हैं। उससे घबराने से किसी का कभी कोई काम बनता नहीं है। अनेक मामलों में बच्चों की ही तरह बड़े भी भविष्य में होने वाली घटनाओं को लेकर अकारण डरे रहते

हैं। अखबारों और समाचारों में अक्सर ही पृथ्वी की ओर आने वाली उल्का के टकराने की आशंका की कोई न कोई खबर आती रहती है। लेकिन क्या आपको याद है कि कोई उल्का आपके आसपास गिरी? दरअसल ये ख़बरें गलत नहीं होतीं। लेकिन अधूरा सच होती हैं। उल्काएँ पृथ्वी की तरफ आती तो हैं, लेकिन पृथ्वी के लाखों किलोमीटर दूर से निकल जाती हैं। इसी तरह किसी भी विषय या स्थिति के बारे में पर्याप्त जानकारी न होना ही चिंता और डर का कारण बन जाता है। बहुत बार तो हर मामले में पूर्णता की अपेक्षा करना और किसी भी चूक या गलती से डरना भी आशंकित करता है।

अतार्किक विचार: मुझे ऐसा महसूस हो रहा है कि कुछ गलत हो सकता है, तो वास्तव में ऐसा ही होगा।

प्रश्न जो आपको खुद से पूछने चाहिए:

- क्या इस बात का कोई सबूत है कि यह होगा?
- अतीत में जब कुछ गलत हुआ था, तो क्या आपको पहले से पता था?
- क्या आपको केवल आशंका ही है कि वैसा होगा या पता है कि कैसे होगा?

इससे ज्यादा संतुलित विचार क्या होगा?

संशोधित विचार: मुझे डर है कि कुछ बुरा हो जाएगा, लेकिन वास्तव में ऐसा हो ये ज़रूरी नहीं।

अब तनिक यह अभ्यास कीजिए

आर या पार

यह तब होता है जब हम निरपेक्षता या चरम में सोचते हैं। चिंता एक शक्तिशाली भावना है और यह हमें गलत तरीके से सोचने पर मजबूर कर सकती है। यह अवास्तविक और उच्च अपेक्षाओं को कायम करती है जो हमें चिंतित महसूस कराती हैं, चाहे हम कितना भी प्रयास करें। बेहतर होगा कि सभी परिस्थितियों को केवल 'इस पार या उस पार' के दो विकल्पों में न देखें। जीवन में अनेक कामयाबियाँ दो परिस्थितियों के बीच के मार्ग से भी मिलती हैं। ये मार्ग अनेक बार भले ही कुछ लंबा होता है मगर कम जोखिम वाला भी होता है। आपने देखा ही होगा कि लम्बी यात्राओं में अनेक एक्सप्रेस-वे एक के बाद एक लगातार ऐसे कई शहरों-कस्बों-गाँवों के ऊपर से निकल जाते हैं, जहाँ आपको जाना ही नहीं था। आपकी गति भी बढ़िया रहती है और आपको मार्ग की कठिनाईयाँ भी नहीं झेलनी होतीं।

अतार्किक विचार: : मेरा दोस्त आज मुझसे मिलने नहीं आया, क्योंकि अब वह मुझे पसंद नहीं करता!

प्रश्न जो आपको खुद पूछने चाहिए:

- **क्या इस बात का कोई सबूत है कि वह मुझे पसंद नहीं करता?**
- **क्या ऐसी घटनाएँ पहले भी हुई हैं, जब ऐसा लगा कि वह मुझे पसंद नहीं करता है?**
- **क्या उसके न आने के कोई अन्य कारण हो सकते हैं?**

इससे ज्यादा संतुलित विचार क्या होगा?

संशोधित विचार: मेरे दोस्त के मुझसे मिलने न आने के पीछे बहुत से कारण हो सकते हैं!

जड़ अनुमान

यह सोच तब वह होती है जब हम किसी व्यक्ति या स्थिति के बारे में, बिना तथ्य का पता लगाए, कोई अनुमान लगा लेते हैं। उसी अनुमान में विश्वास करते हैं। हम अक्सर ऐसा इसलिए करते हैं क्योंकि तथ्यों का पता लगाने और एक तथ्य आधारित राय बनाने के बजाय अनुमान लगाना और उसी को सच मान लेना अधिक आसान होता है। यदि हम एक तथ्यपूर्ण दृष्टिकोण पर काम करना शुरू करते हैं तो यह निश्चित रूप से हमें सहायता करेगा और हमारी चिंताओं को कम करेगा।

संकट ये विकट

अपनी सोच में त्रुटि के कारण हम ये मान कर चलते हैं कि हमारे किसी भी कार्य के सबसे अधिक नकारात्मक या निराशाजनक परिणाम होने ही

वाले हैं। चिंता हमें किसी भी परिस्थति का सकारात्मक या तटस्थ परिणाम सोचने ही नहीं देती और पूरी तरह यह यकीन दिला देती है कि भविष्य में केवल सर्वनाश या तबाही ही होने वाली है। हम सोचते हैं कि भले ही औरों के साथ ऐसा न होता हो लेकिन हमारे साथ तो सबसे बुरा ही होने वाला है। बहुत से लोग आपको ऐसे भी मिलेंगे, जो यह मान बैठे हैं कि कुछ करने से भी हालत बदलने वाले नहीं हैं। यहाँ देखिए:

अतार्किक विचार: मैंने अब तक जो कुछ सीखा है, वह परीक्षा देते समय मुझे याद नहीं रहेगा।

प्रश्न जो आपको खुद से पूछने चाहिए:

- क्या इसका कोई सबूत है कि मुझे कुछ याद नहीं रहेगा?
- क्या इससे पहले कभी किसी परीक्षा में मैं सब कुछ भूला था?
- क्या कोई और कारण हो सकता है कि मुझे ऐसा लग रहा है?

इससे ज्यादा संतुलित विचार क्या होगा?

संशोधित विचार: अभ्यास नहीं करने पर ही परीक्षा में कुछ बातों को भूलना संभव है। लेकिन सब कुछ भूलना तो असंभव है।

श्रेष्ठता की होड़

हरेक व्यक्ति में कुछ गुण और कुछ अवगुण होते हैं। जिन्हें महापुरुष कहा गया है उनके व्यक्तित्व भी ऐसे ही थे। संसार में कोई पूर्ण नहीं हो सकता। सभी यह जानते हैं। मछली पेड़ पर नहीं चढ़ सकती और बन्दर पानी के भीतर मछली जैसा तैर नहीं सकता। महाशक्तिशाली जंगल का राजा शेर पक्षियों की तरह उड़ नहीं सकता। ऐसी ही सीमाएँ सबकी होती हैं। लेकिन फिर भी हम लोग पूर्णता और श्रेष्ठता की होड़ में लगे रहते हैं, जिसका कोई अंत ही नहीं है।

ज़रा इस अभ्यास पर ध्यान दीजिए:

अतार्किक विचार: मुझे परीक्षाओं में शानदार अंक नहीं मिले, तो मैं असफल हूँ।

प्रश्न जो आपको खुद से पूछने चाहिए:

- किताबी शिक्षा के जैसी जीवन की कुछ अन्य महत्त्वपूर्ण बातें क्या हैं?
- जिन चीजों में मैं श्रेष्ठ हूँ, वे कौन-सी हैं?
- क्या हर मामले में श्रेष्ठ या आदर्श होना संभव है?
- क्या कभी स्वयं को नाकाम पाने के बाद, धीरे-धीरे ये भावना समाप्त भी हुई है?

इससे ज्यादा संतुलित विचार क्या होगा?

संशोधित विचार: अगर मुझे इस बार आदर्श अंक नहीं मिले, तो अगली बार और परिश्रम करूँगा। मैं सर्वश्रेष्ठ न सही, पर असफल भी नहीं हूँ। बाकी लोग भी सर्वश्रेष्ठ कहाँ हैं!

स्वामी अंतर्यामी

बहुत से लोगों के साथ ऐसा भी होता है कि वे बिना कुछ किये, समझे या परिणाम पाए ही अनजाने में अपने जीवन की अनेक परिस्थितियों की पूरे अधिकार के साथ भविष्यवाणी कर डालते हैं। इस प्रकार की भविष्यवाणी किसी तर्क या कारण पर आधारित नहीं बल्कि सिर्फ भावनाओं पर आधारित होती हैं। और यह हम अब तक जान चुके हैं कि हमारी भावनाएँ शायद ही कभी किसी यथार्थवादी जानकारी का सही स्रोत होती हैं।

अतार्किक विचार: मेरी फिर से अपने एक और दोस्त के साथ लड़ाई हो गयी। अब इस साल के अंत तक मेरा कोई भी दोस्त नहीं होगा।

प्रश्न जो आपको खुद से पूछने चाहिए:

- क्या इसका कोई प्रमाण है कि साल के अंत तक कोई भी मेरा दोस्त नहीं रहेगा?
- क्या मेरे पास यह जानने की कोई शक्ति है कि भविष्य में क्या होने वाला है?
- क्या मित्रों से मतभेद या झगड़े पर मेरा नियंत्रण संभव है?

इससे ज्यादा संतुलित विचार क्या होगा?

संशोधित विचार: मैंने फिर से एक दोस्त के साथ लड़ाई की। मुझे ऐसी लड़ाई से बचने और दोस्तों के साथ सही तरीके से अपनी बात कहने का तरीका विकसित करना चाहिए।

निराधार निर्णय

बिना किसी सबूत के निष्कर्ष पर पहुँचना भी हमें चिंता में डाल सकता है। यह तब होता है जब हम बहुत कम जानकारी को अपनी सोच का आधार बनाते हैं। ज्यादातर मामलों में, यह सीमित जानकारी भी सिर्फ हमारी भावनाओं द्वारा प्रदान की जाती है, जो हमारी सोच को गलत बनाती है। जब हम बहुत कम जानकारी के आधार पर निर्णय लेते हैं, तो अक्सर हमारी भावनाएँ हमारे विचारों पर हावी हो जाती हैं, जिससे हमारे निष्कर्ष गलत हो सकते हैं। यह एक सामान्य मानवीय प्रवृत्ति है। इससे बचना तभी संभव है, जब हम अपने निष्कर्ष और निर्णय पर अनेक प्रकार से विचार करें। अपनी जानकारी को विभिन्न स्रोतों से सत्यापित करें।

यह समझें कि हमारी भावनाएँ हमारे निर्णयों को कितना तथा कहाँ तक प्रभावित कर रही हैं। ऐसे दोषपूर्ण निर्णयों के अब तक क्या परिणाम निकले हैं? सबसे महत्त्वपूर्ण यह है कि किसी निष्कर्ष पर पहुँचने से पहले फैसला लेने में कुछ समय लगायें और जल्दीबाजी में कभी कोई निर्णय न लें।

अतार्किक विचार: मेरे शिक्षक मुझसे बहुत अप्रसन्न लग रहे थे, इसलिए उन्होंने मुझे परीक्षा में फेल कर दिया होगा।

प्रश्न जो आपको खुद से पूछने चाहिए:

- क्या शिक्षक ने ऐसा कहा कि वह अप्रसन्न थे?
- यदि नहीं, तो क्या मेरे पास कोई प्रमाण है कि वे मुझसे अप्रसन्न हैं?
- क्या मेरे शिक्षक के खिन्न होने का कोई और कारण हो सकता है?
- क्या यह संभव है कि शिक्षक किसी कारण से व्यस्त या थके तो नहीं थे?
- क्या मुझे सही पता है कि मुझे परीक्षा में कितने अंक मिले हैं?

इससे ज्यादा संतुलित विचार क्या होगा?

संशोधित विचार: मेरे शिक्षक अप्रसन्न हो सकते हैं या नहीं भी हो सकते हैं। लेकिन मुझे नहीं लगता कि यह परिक्षा में फेल करने की वजह हो सकती है?

अनहोनी को समझें

जब भी हम ये मानते हैं कि हमारे ख़ुश या संतुष्ट रहने के लिए कुछ चीजें एक निश्चित तरीके से होनी चाहिए। तब हम संतुष्ट महसूस करने के लिए खुद या अपने आस-पास के लोगों से अवास्तविक उम्मीदें लगा लेते हैं। यह

सोच भी हमें निराशा और चिंता में डाल सकती है क्योंकि हमारी अपेक्षाएँ हमेशा पूरी नहीं होतीं। हमें यह मान कर चलना चाहिए कि जीवन में हर चीज़ हमेशा हमारे अनुसार नहीं हो सकती। यद्यपि जीवन में निरंतर बेहतर करने की हमें पूरी कोशिश तो करनी ही चाहिए, लेकिन उसके साथ ही जिन परिस्थितियों को हम बदल नहीं सकते, उनको वैसा स्वीकार करना सीखें। जब हम यह स्वीकार कर लेते हैं कि हर चीज़ हमारी इच्छानुसार नहीं हो सकती, तो चिंताएँ हमें उतना नहीं सतातीं।

अतार्किक विचार: एक अच्छा छात्र होने के लिए मुझे प्रत्येक विषय में बहुत अच्छे अंक प्राप्त करने चाहिए।

प्रश्न जो आपको खुद से पूछने चाहिए:

- एक अच्छा छात्र होने का क्या मतलब है?
- क्या सभी विषयों में अच्छे अंक प्राप्त करना हमेशा संभव है?
- कुछ अन्य चीजें क्या हैं जिनमें मैं अच्छा हूँ?
- क्या कोई अन्य छात्र हैं जिनके बारे में मैं सोचता हूँ कि वे अच्छे हैं?
- उनके कुछ गुण क्या हैं?

इससे ज्यादा संतुलित विचार क्या होगा?

संशोधित विचार: मैं एक अच्छा छात्र हो सकता हूँ चाहे मैं हर विषय में आदर्श अंक हासिल करूँ या नहीं।

पीड़ा का पहाड़

अनेक बार छोटी-सी चिंता भी बहुत विराट स्वरूप ले लेती है। ऐसा तब

होता है, जब हम अपने साथ होने वाली अच्छी चीजों को अनदेखा कर देते हैं और केवल बुरे पर ध्यान केंद्रित करते हैं। ऐसा इसलिए होता है क्योंकि हम अच्छी चीजों के अभ्यस्त हो जाते हैं, इसलिए हम उन्हें कम महत्त्व देने लगते हैं। लेकिन बुरी बातें हमें डराती हैं, इसलिए हम अपना सारा ध्यान उनकी ओर लगा देते हैं। इसे मनोविज्ञान में निगेटिव बायस कहा जाता है, ये भी एक सामान्य मानव प्रवृत्ति है। इसे समझ लीजिए। हमारे दिमाग की संरचना इस प्रकार है कि यह नकारात्मक अनुभवों पर अधिक ध्यान देता है। यह हमें संभावित खतरों से सुरक्षित रखने का एक प्राकृतिक तरीका है। अगर हमारे जीवन में नकारात्मक अनुभव अधिक होते हैं, तो हम स्वाभाविक रूप से उन्हीं पर ध्यान केंद्रित करने लगते हैं। नकारात्मक घटनाएँ और अनुभव अधिक गहन भावनात्मक प्रतिक्रिया उत्पन्न करते हैं, जो हमारे मन में गहरी छाप छोड़ते हैं। इससे बचने के लिए अपने जीवन में हो रही अच्छी चीजों पर ध्यान दें और उन्हें सराहें।

अतार्किक विचार: खेलों में अच्छा होना कोई बड़ी बात नहीं है। मुझे सार्वजनिक भाषण में अच्छा होना चाहिए।

प्रश्न जो आपको खुद से पूछने चाहिए:

- क्या मैं अपनी उम्र के किसी ऐसे व्यक्ति को जानता हूँ, जो हर चीज़ में अच्छा है?
- क्या हरेक के भीतर सारी शक्तियाँ और खूबियाँ हो सकती हैं?
- खेलों में अच्छा होने के कारण मुझे तथा मेरे मित्रों को कैसा लगता है?
- क्या सार्वजनिक भाषण देना, खेलों में बढ़िया होने से बेहतर है?

इससे ज्यादा संतुलित विचार क्या होगा?

संशोधित विचार: खेल में अच्छा होना मेरी विशेषता है। मुझे सार्वजनिक जगहों पर बोलने में भी बेहतर होने के लिए परिश्रम करना चाहिए।

आपकी कमियाँ और खूबियाँ

यहाँ एक सवाल मन में उठ सकता है। **'बेहतर आत्मविश्वास और प्रदर्शन के लिए अपनी खूबियों को जानना ज्यादा ज़रूरी है या कमियों को?'** तनिक इस बारे में सोचिए। यह एक बेहद महत्त्वपूर्ण, रोचक और उपयोगी सवाल है। इसका उत्तर भी बहुत आसान है कि जीवन में कुछ कर दिखाने के लिए हमें अपने गुणों और कमियों दोनों की समझ होनी चाहिए। अपने गुणों को जानने से हमें अपनी क्षमता का सही अनुमान हो जाता है। किसी भी परिस्थिति का सामना करने का आत्मविश्वास बढ़ता है। सकारात्मक सोच मजबूत होती है। दूसरी तरफ कमियों की समझ होने पर, उसी के हिसाब से खुद में सुधार करने, कार्य योजना बनाने, दूसरों से मदद लेकर सफलता पाने तथा कमियों को दूर करने से बेहतर व्यक्तित्व के विकास और उत्कृष्टता पाने में सहायता मिलती है। सदा याद रखिए कि अपनी कमियों को पहचान कर उन्हें दूर करना भी व्यक्तित्व विकास का एक

ज़रूरी हिस्सा है। इसलिए अपने गुणों पर गर्व करें और अपनी कमजोरियों को सुधारने के लिए प्रयासरत रहें।

चलिए अब इसे थोड़ा और समझते हैं:

अभ्यास-4

आप में सबसे अच्छे गुण क्या हैं?

1. --
2. --
3. --

आपके कार्य और आचरण में किन बातों की प्रशंसा होती रही है?

1. --
2. --
3. --

अब तक आपकी कुछ प्रमुख उपलब्धियाँ क्या हैं?

1. --
2. --
3. --

आपके सामने प्रमुख चुनौतियाँ क्या हैं?

1. --
2. --
3. --

इन कमियों को दूर करने के लिए आप क्या कर रहे हैं?

1. --
2. --
3. --

इसे कुछ और समझते हैं:

अतार्किक विचार: मुझे दूसरों से घुलने-मिलने में संकोच होता है। क्या मैं मूर्ख हूँ?

प्रश्न जो आपको खुद से पूछने चाहिए:

- मूर्ख होने का क्या मतलब है?
- क्या संसार में केवल मुझे ही औरों के आगे संकोच या शर्म आती है?
- जब खुद को व्यक्त करने की बात आती है, तब किन मामलों में मैं बेहतर हूँ?

तो, अधिक संतुलित विचार क्या होगा?

संशोधित विचार: मुझे दूसरों के सामने जाने में जो संकोच होता है, उसे काबू में किया जा सकता है।

पिंजड़े से निकलें

हमारे भीतर की कमियाँ ही हमारी प्रगति और सफलता की राह की अड़चनें, बेड़ियाँ या वह पिंजड़ा हैं, जिसमें हमने खुद को बंद कर रखा है। यदि हम इनसे जल्दी ही बाहर नहीं निकल आते, तो लोग हमारे ऊपर उन्हीं कमियों का ठप्पा लगा देते हैं। ऐसे में हम खुद अपना नुकसान कर बैठते हैं। आपने अगर अब तक कमियों के इस पिंजड़े से निकलने का प्रयास नहीं किया है तो निराश होने की ज़रूरत नहीं है। अब प्रयास करके बाहर निकल आइये। एक बार में अपनी सारी कमियाँ न सुधार पायें, तो भी लगातार प्रयास करते रहिये। एक छोटी कमी को दूर कीजिए। फिर उससे बड़ी से निपटने का आपमें हौसला आ ही जाएगा। धीरे-धीरे आप पूरी तरह सफल हो ही जाएँगे। हर चीज़ की तरह ही अपनी मानसिक शक्तियों को बढ़ाना

भी अभ्यास से ही सफल होता है। इसके बाद कभी भी आपको कोई भी विनाशकारी सोच नहीं सतायेगी!

यह तो रहा अपने बारे में खुद की सोच और उसकी समझ और उससे निपटने का संकल्प। अब इसी समस्या से कुछ और निपटते हैं। यह अभ्यास कीजिए:

अभ्यास-5

अतीत में दूसरों ने या आपने खुद में कौन सी कमियाँ पाई हैं?

1. मैं.. हूँ।
2. मैं.. हूँ।
3. मैं.. हूँ।
4. मैं.. हूँ।
5. मैं.. हूँ।

अब चलते-चलते यह भी कीजिए:

ऐक्टिविटी : अपने विचारों की एक डायरी बनाओ और अतार्किक तथा संतुलित विचारों को लिखो।

परिस्थितियाँ : ....

अतार्किक विचार : ....

खुद से पूछने वाले प्रश्न : ....

संतुलित विचार : ....

तीन

चिंता की खेती

अब तक आप जान गए हैं कि चिंता की भावना कैसे काम करती है? जो विचार चिंता के साथ आते हैं, आप उन्हें भी किसी हद तक पहचान चुके हैं। अब आता है, इसका तीसरा महत्त्वपूर्ण हिस्सा! दरअसल चिंतित होने के बाद हम जैसा व्यवहार करते हैं, आमतौर पर जाने-अनजाने उससे हम अपनी चिंताओं को कम करने की ही कोशिश करते हैं। इसमें कुछ भी अस्वाभाविक नहीं है। बड़ों को भी यह आसानी से समझ नहीं आता कि तनावग्रस्त होने पर उनका व्यवहार कुछ बेतुका-सा क्यों हो जाता है?

जो बोया, वो पाया

ज़रा सोचिए। अगर हम अपनी सारी चिंताओं को किसानों की तरह खेत में डाल दें, ठीक वैसे ही जैसे किसान बीज बोता है, तब क्या होगा? चिंताओं

के बीज से किस तरह की फसल उगेगी? एकदम सही सोचा आपने! जैसे बीज-वैसी फसल। मतलब यह कि चिंताओं से कभी कोई बढ़िया नतीजा नहीं निकलता। कई लोग कह सकते हैं की कई बार चिंताएँ हमारे मन में बिना वजह उग आती हैं। यह भी सही है।

किसान भी जब कोई फसल बोते हैं, तब अनेक बार उस फ़सल में खरपतवार भी उग आता है। खरपतवार नहीं समझे? किसी फसल के साथ अक्सर जंगली घास-झाड़ियाँ उग आती हैं, उनको ही खरपतवार कहते हैं। अनेक बार फसलों के बीजों में ही जंगली घास-फूस के बीज मिल जाते हैं और अनेक बार हवा से उड़ कर वे खेत में गिरने पर उग आते हैं। लेकिन, इस खरपतवार से किसान कैसे निपटते हैं? पहले तो वे खेतों को ऐसे तैयार करते हैं कि अवांछित पौधों और झाड़ियों को उगने ही नहीं देते। दूसरी ओर उनको उखाड़ कर खाद के गड्ढों में डाल कर उन्हीं से जैविक खाद बनाते हैं। तीसरे वे खेतों में उपयोगी दवाओं का भी इस्तेमाल करते हैं। चिंताओं को अगर आप विचारों में उगी घास-फूस मान लें, तो सोचिए उनसे कैसे निपटा जा सकता है?

पहला तरीका तो यह कि अपने मन में चिंताओं को आने ही न दें। आपने अभी तक जो अभ्यास किये हैं और तथ्यों को समझा है, वह आपके मन मस्तिष्क को वैसे ही तैयार करेंगे जैसे उपजाऊ खेतों में खरपतवार को उगने ही नहीं दिया जाता। दूसरा लाभ ये होगा कि आप पहले से ही जान जाएँगे कि आपके मन में किन विचारों को आने से कैसे रोकना है? तीसरी तरफ आप चिंताओं से निपटने की अपनी डायरी में दर्ज अपनी सफलताओं से सीख कर अपनी सोच को चिंता-मुक्त कर सकते हैं।

चिंताओं की समझ

चिंताओं की वजह से अपना व्यवहार बदलने से रोकने में जब आपको कामयाबी मिलेगी, तब आप यह भी समझ जाएँगे कि किसी के भी मन में

चिंताओं का आना एक स्वाभाविक घटना है। यदि आप चिंताओं को घड़ी में लगे अलार्म की तरह समझ लें, तो उसका सीधा फायदा यह होगा कि आप मन में चिंता उपजने से परेशान नहीं होंगे। आप आसानी से चिंता की स्थिति उत्पन्न होते ही सतर्क हो जाएँगे और उससे 'जागने' के बाद चिंता की वजह का मुकाबला भी कर सकेंगे।

कई बार आपकी उम्र के व्यक्ति यह नहीं समझ पाते हैं कि वे किसी तनाव की स्थिति से गुजर रहे हैं। इस भावना को पहचानने में असमर्थता के अनुभव को कोई भी पसंद नहीं करता। प्रत्येक व्यक्ति अपनी चिंता का कारण समझ कर उससे बचने की कोशिश करता है। यदि यह प्रयास सही तरह से न किया जाए, तो उसका फायदा होने के बजाय नुकसान ही होता है। आइए, चिंता को समझने और उससे बचने के बारे में थोड़ा और समझते हैं कि लोग चिंतित होने पर किस प्रकार से दोषपूर्ण व्यवहार करते हैं?

बचाव या सामना?

चिंता हमें उन स्थितियों से बचने के लिए उकसाती है जो हमें चिंतित करती हैं। ऐसा करने पर हम क्षणिक राहत महसूस ज़रूर करते हैं लेकिन वास्तव में हम बेहतर नहीं हो रहे होते हैं। यह इसलिए ठीक नहीं है क्योंकि इससे एक अधिक गंभीर परिस्थिति हम खुद रच रहे होते हैं। क्योंकि बाद में जब फिर कभी ऐसी स्थिति से हमारा दोबारा सामना होगा, तो हमें पहले से भी अधिक दुःखदाई चिंता को झेलना होगा। वास्तव में हम किसी चीज़ से जितना दूर भागते हैं, उसके प्रति हमारी संवेदनशीलता उतनी ही बढ़ जाती है। उदाहरण के लिए स्कूल ही ले लीजिए। साप्ताहिक छुट्टियों के बाद फिर से स्कूल जाना कितना मुश्किल होता है? सालाना इम्तहानों, सर्दी-गर्मी या एक साथ पड़ने वाली कई छुट्टियों के बाद, तो यह बहुत ही ज़्यादा कठिन हो जाता है। है न? जितनी लम्बी छुट्टियाँ, मौज-मस्ती और सैर-सपाटा, स्कूल जाना उतना ही मुश्किल! लंबे समय तक स्कूल से दूर रहने से आपकी

संवेदनशीलता और आत्म-अनुशासन बहुत प्रभावित होता है। लेकिन यही सुबह उठना, तैयार होना, स्कूल जाना, लौटना, क्लास वर्क-होम वर्क करना और उससे जुडी गतिविधियाँ जब हमारी दिनचर्या बन जाती हैं, तब हम उसे झेलने के आदी हो जाते हैं। हमें उससे उलझन नहीं होती। हम अंततः उसे अपने जीवन का हिस्सा मान लेते हैं। उससे जुड़ी चिंताएँ दूर हो जाती हैं। इसलिए हमें ऐसी चिंताजनक परिस्थितियों से बचना नहीं है बल्कि उनका डटकर सामना करना है।

विचार बिंदुः याद कीजिए, जब आप एक नयी कक्षा शुरू करते हैं या अजनबी लोगों से भरी एक पार्टी में जाते हैं तो कैसा महसूस करते हैं? कुछ समय के बाद आप कैसा महसूस करते हैं?

बहुत संभव और स्वाभाविक है कि आप शुरू में घबराहट महसूस करते हों। फिर समय बीतने के साथ ठीक महसूस करने लगते हों। लेकिन अगर आप स्कूल जाना बंद कर दें या नयी जगहों में होने वाली पार्टियों में शामिल होना छोड़ दें, तो ऐसा मौक़ा आने पर, ऐसी स्थितियों में हमेशा ही संकोच, डर और अनजानापन महसूस करेंगे। अनजानी परिस्थितियों से बचने से हमें इसके सिवा कुछ नहीं मिलता।

ख़ामोश हो जाना

बहुत से लोग चिंतित होने पर शांत हो जाते हैं। वे अपनी भावनाओं को किसी के साथ साझा करने के बजाय उन्हें पूरी तरह दबा लेते हैं। वे दूसरों से यह उम्मीद करते हैं कि खुद ही यह समझें कि हम किस दुविधा से गुजर रहे हैं। लेकिन किसी से अपनी परेशानियाँ साझा किये बिना ऐसा संभव नहीं है। अपनी भावनाओं को दबाने का यह तरीका और आदत आगे चलकर चिंतित व्यक्ति का व्यक्तित्व ही प्रभावित करती है। परेशानी और चिंता का कारण बनती है। यह सिलसिला बस चलता ही रहता है। नुकसान बढ़ता

ही रहता है। साथ ही लोगों से बात न करना, उनसे मिलने-जुलने से बचना और इस आदत को नियंत्रित करने पर सक्रिय रूप से काम न करना, उनकी चिंताओं को बेकाबू होने तक बढ़ाता है।

तो, इसे समझिए और इसका मुकाबला कीजिए। याद कीजिए, जब कोई बीमारी होने पर आप चिकित्सक के यहाँ जाते हैं, तो क्या होता है? क्या वो आपको देखते ही बताना चालू कर देता है कि इस बच्चे को ये समस्या है। इसका इलाज ये है। नहीं होता न ऐसा? आपकी समस्या, बीमारी या

आपको कहाँ पीड़ा हो रही है, ये सब बताना होता है। अनेक बार तो ब्लड-रिपोर्ट और स्कैन आपकी भीतरी स्थिति को बताने वाले सहयोगी बन जाते हैं। आपके साथ गये बड़े लोग बताते हैं कि इस बच्चे की समस्या ये है। बीच में आपको बोलना पड़ता है कि नहीं मुझे ऐसा लग रहा है। सारी बात सुनने-समझने पर चिकित्सक आपकी जाँच खुद करके उन सूचनाओं के आधार पर अपना निष्कर्ष निकालते हैं और आपका सही इलाज कर पाते हैं। इसी तरह किसी के विरुद्ध न्यायालय में कोई मुकदमा हो जाने पर, आरोप लगाने वाले पक्ष द्वारा कुछ कहा-बताया जाता है। बचाव पक्ष द्वारा कुछ बताया-समझाया जाता है। इसके बावजूद न्यायाधीश हर बार पूछता है, "आपको क्या कहना है?" यदि ऐसे में कोई चुप खड़ा रहे। तो क्या होगा? नुक्सान किसका होगा?

किसकी ग़लती?

अपनी कमियों को स्वीकार करने के बजाय अन्य लोगों या परिस्थितियों को उसका कारण बता देना बहुत आसान है। ऐसा इसलिए क्योंकि अपनी समस्याओं के बारे में बात करने में हम असुरक्षित और चिंतित महसूस करते हैं। जैसे यह कहना आसान है कि शिक्षक ने एक कठिन प्रश्न पत्र तैयार किया है। जबकि असलियत में हमने ही अच्छी तरह से अध्ययन नहीं किया। अपनी कमी को दूसरों पर मढ़ने से किसी को कभी कोई मदद नहीं मिल सकती। इससे हमारा प्रदर्शन बेहतर थोड़े ही हो जाएगा। अधिक प्रभावशाली तरीका तो खुद को सुधारना होगा।

अन्तरिक्ष यात्रियों से सीखें

पृथ्वी से अन्तरिक्ष में जाने वाले यात्रियों के बारे में आपने शायद कभी सोचा नहीं होगा। पृथ्वी से दूर अपार अन्तरिक्ष में जहाँ सब कुछ अनिश्चित है वहाँ अंतरिक्ष यात्री अपनी मानसिक स्थिति को कैसे नियंत्रित रखते होंगे? इसका ध्यान उनकी यात्रा से पहले ही रखा जाता है। पहले उनको चिंताओं को

समझने तथा उनसे निपटने का प्रशिक्षण दिया जाता है। मिशन से पहले ही यात्रियों को आपस में सलाह और बातचीत का महत्त्व समझाया जाता है। उनको बताया जाता है कि अपने साथियों पर विश्वास का महत्त्व और पृथ्वी पर नियंत्रण कक्ष से संपर्क बनाये रखने से कम नहीं है। अन्तरिक्ष यात्रियों को उनके परिवारों से नियमित बातचीत करने को प्रेरित किया जाता है। आवश्यकता होने पर वे मनोचिकित्सकों से भी सलाह लेते हैं। वे नियम से सोते, आराम करते तथा अपने मनोरंजन पर ध्यान देते हैं। शारीरिक और मानसिक फिटनेस का ध्यान रखते हैं। संतुलित आहार लेते हैं। अन्तरिक्ष यात्रा भी हमारे जीवन जैसी ही तो है। अपार अन्तरिक्ष में सूर्य न जाने किस यात्रा पर किस ओर जा रहा है। उसके चारों ओर घूमती पृथ्वी भी तो एक विशाल अन्तरिक्ष यान ही है। ये जीवन भी एक अन्तरिक्ष यात्रा ही है। सोचिए, हमें अन्तरिक्ष यात्रियों से क्या सीखना चाहिए?

नशा करना

फिल्म, मीडिया और लोकप्रिय संस्कृति ने शराब और अन्य नशीले पदार्थों के सेवन को हमेशा एक मज़े और रोमांच के स्रोत के रूप में दिखाया है। जबकि वास्तव में, इसके बड़े गंभीर स्वास्थ्य परिणाम हो सकते हैं। युवा अक्सर शराब और नशीले पदार्थों के प्रति इसलिए आकर्षित होते हैं, क्योंकि उन्हें लगता है कि नशा उनकी एक बेहतर सामाजिक छवि बना कर उनके लिए चीजों को आसान बना देगा या उनको तनाव से राहत दे सकता है। जबकि सच तो यह है कि ये सोच ही गलत हैं। जब तक आप वयस्क नहीं हो जाते हैं, तब तक शराब और नशीले पदार्थों का प्रयोग एकदम ठीक नहीं है। ऐसा करना आपके स्वास्थ्य और सामजिक छवि की अपूरणीय हानि का कारण तो बनेगा ही, साथ ही आप शिक्षा के क्षेत्र में भी बहुत पीछे रह जाएँगे। इससे आपको और अधिक चिंताओं तथा अपमान के सिवाय कुछ नहीं मिलेगा।

विचार बिंदुः

सोचिए! यदि आप सुबह खराब मनोदशा में हैं। इसी खराब 'मूड' के कारण बस अपने बिस्तर में पड़े रहना तय करते हैं, न तो अपनी कक्षाओं में भाग लेते हैं और न किसी से बात करते हैं, तो अंततः क्या होगा? क्या इससे आपका "मूड" ठीक होगा या दिन गुजरने के बाद और भी बिगड़ जाएगा? इसके बजाय यदि आप अपनी खराब मनोदशा के काबू में नहीं आते, अपनी जिम्मेदारियाँ निभाते हैं। जो काम रोज़ करने होते हैं, वैसे ही करते जाते हैं। वाशरूम जाना है तो क्या "मूड" खराब होने पर "प्रेशर" रोक सकते हैं? नहीं ना! दाँत माँजने हैं तो माँजने हैं। नहाना है तो नहाना है। तैयार होना है, तो होना है। यह ठान लीजिए। आप देखिएगा कि उस दिन के अंत में आपको क्या लगता है? दिन के अंत होने बहुत पहले ही तब आपका "मूड" कैसा हो जाता है? ध्यान देकर देखिए। दोनों ही स्थितियों में आपको बहुत बड़ा अंतर नज़र आएगा। जब आप अपने "मूड" से मुँह मोड़ कर अपने काम करना सीख जाएँगे, तब आप "मूड" का बैंड बजाने वाले संगीतकार बन जाएँगे। इस "मूड" का मुँह तोड़ना सीखिए। इसमें आपको बहुत मज़ा आने वाला है।

शोषण करना

कभी-कभी, हम जैसा महसूस करते हैं, उसके ठीक विपरीत कार्य करते हैं। अगर हम डर महसूस कर रहे हैं, तो हम दूसरों को डराने की कोशिश भी कर सकते हैं। यही कारण है कि यह कहा जाता है कि दूसरों को डराने-धमकाने वाले लोग अक्सर ऐसे लोग होते हैं, जो खुद किसी न किसी डर, आशंका या तनाव का शिकार होते हैं। बेशक, किसी को गाली देना, अपमानित करना या धमकाना उचित नहीं है। लेकिन फिर भी कुछ लोग तनाव ग्रस्त होकर ऐसा किया करते हैं। इसका कारण यह है कि हर समय डरने, असुरक्षित और चिंतित महसूस करने की तुलना में प्रत्येक से घृणा

करना, दूसरों को डराना या झगड़ा करना अधिक आसान है। ऐसे लोगों को यह बात समझ में नहीं आती कि उनकी पीड़ा और चिंताएँ इस सबसे कम नहीं होंगी। जब तक हम अपनी चिंता का सामना नहीं करते, वह हमारे भीतर ही मौजूद रहेगी।

झगड़ना

चिंता हमें चिड़चिड़ा और बेचैन बना देती है। जब हम अपनी चिंता को पूरी तरह नहीं समझते, तो हमारे भीतर अपने आस-पास के लोगों से उलझने और उनसे झगड़ा करने की प्रवृत्ति उत्पन्न हो सकती है। जो लोग इस बदलाव की चपेट में आते हैं, वे ज्यादातर हमारे अपने परिवार के सदस्य या करीबी दोस्त होते हैं, यह स्थिति अच्छी नहीं है। दरअसल जिन पर हम अपनी झुँझलाहट उतारते हैं, वे हमारे गुस्से के योग्य नहीं होते। ये वे लोग ही तो होते हैं, जो हर हाल में सदा हमारे साथ और आसपास रहते हैं। ये हमारी ही गलती है यदि हम अपने जीवन में उनका महत्त्व नहीं समझ पाए। जब हम इन लोगों से कड़वी बातें करते हैं, तो अक्सर वे भी जवाबी आक्रमण-सा ही कर देते हैं। उन्हें ऐसा करने का पूरा हक़ होता है। इस स्थिति के बेकाबू होते भी अक्सर देर नहीं लगती। जिससे झगड़े के साथ, हमारी चिंताएँ भी बढ़ती हैं। अपने प्रियजनों के साथ उलझने, झगड़ने और बहस करने के बाद किसी को भी कब अच्छा लगता है? इसका नतीजा क्या होता है? इससे हमारी चिंता का तो कभी कोई हल नहीं निकलता न? फिर क्या करना चाहिए? सोचिए! इसका सबसे आसान तरीका ये है कि आप उन्हीं लोगों में से किसी से अपनी समस्या के बारे में बात करें। हो सकता है कि आपके करीबी एक दो लोग ऐसे हों, जिनके पास आपसे बात करने का समय ही न हो या वो खुद किसी बड़ी उलझन में हों। उनको समझिए और अपने भरोसे के किसी ऐसे व्यक्ति को चुनिए, जो आपसे बड़ा या अनुभवी हो। उससे पूरी बात बताइए। इससे आपकी समस्या कभी बिगड़ेगी नहीं।

विचार बिंदुः हाल ही में देखी किसी फिल्म के बारे में सोचिए। उसे देखते समय आपको किससे सहानुभूति हुई? हीरो से या खलनायक से? सोचिए कि आपके मन में जिसके प्रति जो भावना पैदा हुई वह क्यों हुई?

हर व्यक्ति को पिछड़े, कमज़ोर या कम क्षमता वाले लोगों से ज़्यादा सहानुभूति होती है। मनोरंजन की दुनिया की सारी कहानियों में भी यही होता है। हम किसी भी ऐसे व्यक्ति को अच्छा मानते ही नहीं, जो दूसरों को सताता हो। हमारा प्रिय पात्र वो होता है जो सारी परिस्थितियों से अकेले ही लड़कर जीतता है। उसी को सब चाहते हैं। अब आप ही सोचिए। आप क्या बनना चाहेंगे? आपकी कहानी में आपको सताने वाला खलनायक चिंता है, उससे घबराए बिना उसका मुकाबला करके जीतने वाले नायक या नायिका बनिए!

हार मान लेना

चिंता भले ही सीधे कोई नुकसान करती नज़र नहीं आती, लेकिन ये सभी को बहुत डरावनी और शक्तिशाली महसूस होती है। अधिकतर लोग इससे सुनियोजित मुकाबला करते ही नहीं और हार मान लेते हैं। अपनी तनावपूर्ण स्थिति को पूरी तरह स्वीकार कर लेते हैं। इसे ही मनोचिकित्सक 'सीखी हुई लाचारी' कहा करते हैं। जब हम बहुत लंबे समय से चिंता से निपट रहे हों, तो हमें भी इस लाचारी की आदत हो जाती है। ऐसा होने पर हम अपनी स्थिति को बेहतर बनाने की जरा भी कोशिश नहीं करते। ऐसा इसलिए होता है क्योंकि हमने बहुत लंबे समय से चिंता के सामने स्वयं को शक्तिहीन महसूस किया है। ऐसे में हम अपनी चिंता को अटल समझ लेते हैं। लेकिन ऐसे 'आभासी' अनुभव से डर जाना, जो किसी भी तरह से कभी आपका कोई वास्तविक नुकसान करने की ताकत ही नहीं रखता, इसमें ज़रा भी समझदारी नहीं है। चिंता एक खराब सपना है। इससे जागेंगे, तो आपको ये सोचकर हँसी आएगी, "अरे, मुझे ये फिजूल विचार डरा रहा था! ये?"

नुकसान पहुँचाना

जब हम चिंतित होते हैं तो हमें सब कुछ निराशाजनक लगता है। ऐसे में कई बार हमें खुद को या दूसरों को नुकसान पहुँचाने का मन हो सकता है। हमारी चिंता हमसे यह कहती है कि ऐसा करने से हम बेहतर महसूस करेंगे। यह सिर्फ भावनात्मक दर्द से बचने या ऐसी किसी भावना को दूर करने का एक हानिकारक तरीका हो सकता है। ऐसा भी लग सकता है कि शायद इस तरह सब हम पर ध्यान देने लगेंगे। हमारी समस्याएँ समझ पाएँगे। लेकिन ये सोच पूरी तरह गलत है। जब आप किसी को या खुद को नुकसान पहुँचाते हैं, तो आपको पहले से अधिक दर्द होता है न कि कोई राहत मिलती है।

ऐसे बर्ताव से हमारे अपने भी चिढ़ सकते हैं और वे हमसे दूर रहने की कोशिश कर सकते हैं। ऐसा व्यवहार किसी को कभी कुछ नहीं देता। बस आपकी चिंताओं को बढ़ा देता है। गंभीरता से सोचिए। आपका लक्ष्य क्या है? समस्या का समाधान हो जाए या एक नयी समस्या खड़ी हो जाए?

अनदेखा करना

कुछ बातें ऐसी हैं, जो पूरी दुनिया में एक बेतुकी परम्परा के रूप में चली आ रही हैं। जैसे अनेक देशों में बच्चों को अपनी चिंताओं को नजरअंदाज करना सिखाया जाता है। चिंताजनक विषयों पर विचार करना बंद करने की सलाह दी जाती है। मनोविज्ञान की दृष्टि में इसका कोई फायदा नहीं है। हमें यह जानना चाहिए कि हमारे विचार और भावनाएँ हमारे नियंत्रण में नहीं होते हैं। इसलिए उन्हें अनदेखा नहीं किया जाना चाहिए। यह तो किसी कमरे में झाड़ू लगाकर सारी गन्दगी को कालीन के नीचे डालने जैसा होगा। पहले तो हम अच्छा महसूस करेंगे क्योंकि हमारी नज़रों के सामने से तो गंदगी हट जाएगी। लेकिन एक वक़्त आने पर जब ज़रूरत से ज़्यादा कूड़ा उस कालीन के नीचे इकठ्ठा हो जाएगा, तो या तो वह कालीन से बाहर निकलता दिखेगा या कालीन ही उबड़-खाबड़ हो जाएगा। चिंताओं को भी लगातार अनदेखा करने पर एक वक़्त ऐसा आता है कि वो भी अलग अलग नकारात्मक भावनाओं और व्यवहार के रूप में बाहर आने लगती हैं। साथ ही, जब हम किसी चीज़ से भागते हैं, तो हम खुद को बता रहे होते हैं कि वह चीज़ बहुत डरावनी है। वास्तव में, चिंताजनक विचार सिर्फ विचार हैं। हमें उनसे डरने की कोई ज़रूरत नहीं है। जब हम उनका सामना करेंगे, उनका अस्तित्व समाप्त हो जाएगा।

बहाने बनाना

कभी-कभी, हम अपनी चिंताओं का उपयोग अन्य नकारात्मक व्यवहारों को सही ठहराने के लिए करते हैं। जैसे: “मुझे वीडियो गेम इसलिए पसंद है क्योंकि मुझे पढ़ाई को लेकर बहुत तनाव है।” या फिर “स्कूल में मेरे सीनियर मुझसे

दुर्व्यवहार करते हैं। इसलिए मैं अपने से छोटों को हड़काता हूँ।" किसी भी तरह के ऐसे नकारात्मक व्यवहार को आप किसी बहाने से सही नहीं ठहरा सकते। हम सभी जानते हैं कि दूसरों के साथ हमारा व्यवहार 100% हमारे ही नियंत्रण में है। यदि हम खुद ही न चाहें तो हमारी भावनाएँ हमें दूसरों के साथ दुर्व्यवहार करने के लिए मजबूर नहीं कर सकतीं।

अभ्यास-6

पिछले दिनों आपके द्वारा किये गए या आपसे अनजाने में हो गए व्यवहारों की सूची बनाइए और सोचिए कि क्या इस तरह के व्यवहार से आपको किसी भी प्रकार का कोई लाभ हुआ?

1. ....

2. ....

3. ....

4. ....

5. ....

यदि आपको लगता है कि ये सूची कम पड़ रही है, तो आप इसे किसी कॉपी या डायरी में भी बना सकते हैं। सूची बड़ी हो तो चिंता मत कीजिए, उससे यह पता चलता है कि आप अपने भीतर सुधारों को लेकर बहुत गंभीर हैं और इससे कोई आपको रोक नहीं सकेगा। जो अपनी कमियाँ समझता है, उसकी इच्छा शक्ति सबसे बढ़ कर होती है। बस, ये करियेगा कि सूची देख कर खुद को बुरा मत समझिएगा।

इन सभी व्यवहारों के साथ आम समस्या यह है कि ये हमारी चिंताओं को बढ़ाते हैं और हमारे जीवन में कई और नयी समस्याएँ पैदा करते हैं। यदि हम इन विनाशकारी व्यवहारों में लगे रहते हैं, तो हम अपनी चिंताओं का सामना करना भी कभी नहीं सीख सकते।

चार
पारिवारिक टकराव

कोई भी परिवार विभिन्न आयु वर्ग के लोगों से बना होता है। अलग-अलग चीजों को लेकर सभी की अपनी-अपनी राय होती है। साथ ही सभी के काम करने के तरीके भी अलग होते हैं। ऐसे में आपस में टकराव भी स्वाभाविक है। असहमति और झगड़े हर परिवार में होते हैं और यह

स्वाभाविक भी है। यह बात तो ज़ाहिर है कि हम सभी अपने परिवार से प्यार करते हैं। फिर, आपको क्या लगता है, परिवार के कुछ सदस्य आपस में क्यों लड़ते-झगड़ते हैं? यहाँ उसके कुछ संभावित कारण हैं:

- परिवार के सदस्य एक साथ काफी समय बिताते हैं। एक साथ बहुत अधिक समय बिताने के कारण कभी न कभी आपस में असहमत अवश्य होंगे या झगड़ेंगे भी।
- परिवार के सदस्यों का एक-दूसरे के व्यक्तित्व के सबसे खराब पहलुओं से भी वास्ता पड़ता है। इसलिए, समय के साथ उनमें ऐसी बातों से चिढ़ बढ़ेगी और उनका एक-दूसरे पर झुँझलाना स्वाभाविक ही है।

अभ्यास- 7

अपने परिवार के प्रत्येक सदस्य की एक कष्टप्रद और एक अच्छी आदत की सूची बनाएँ।

क्रम	सदस्य का नाम	कष्टप्रद आदत	अच्छी आदत

- परिवार के सदस्य एक-दूसरे से ज्यादा उम्मीद करते हैं क्योंकि वे एक-दूसरे की परवाह करते हैं। चूंकि ये उम्मीदें अधिक होती हैं, इसलिए टूटती भी जल्दी हैं।
- हम अपने आस-पास रहने वाले लोगों का महत्त्व अक्सर समझ नहीं पाते। उनकी अच्छी बातों की हम उतनी तारीफ़ नहीं करते जितनी करनी चाहिए। प्रशंसा की कमी रिश्तों में कड़वाहट घोल देती है।

- परिवार के सदस्य एक-दूसरे से उम्मीद कर सकते हैं कि वे उनके मन को समझें और उन्हें वह प्रदान करें जो उन्हें चाहिए। यह आपके परिवार सहित किसी के लिए भी संभव नहीं है और इससे उत्पन्न निराशा झगड़े का कारण बन सकती है।
- लोग बाहरी लोगों के साथ सबसे अच्छा व्यवहार करते हैं, लेकिन परिवार के साथ ऐसा करने की कोशिश नहीं करते। इससे टकराव और असहमति पैदा होती है।

कारण जो भी हों, परिवार के साथ झगड़े आपकी उम्र के लोगों के लिए तनाव और परेशानी का एक प्रमुख स्रोत बन जाते हैं। आपको अक्सर लगता होगा कि आपको कोई नहीं समझता। यह भावना भी स्वाभाविक है। हालाँकि, यदि आप इन लड़ाइयों से निपटना सीख लें, तो खुद को काफ़ी बेहतर और नियंत्रण में महसूस करेंगे। आइए, बात करते हैं उन रणनीतियों के बारे में, जिनका उपयोग हम लड़ाई से निपटने के लिए कर सकते हैं:

समानुभूति से काम लें

नहीं, नहीं यह सहानुभूति नहीं है। वह तो किसी की स्थिति समझ कर उसके साथ दया दिखाने को कहते हैं। समानुभूति (एम्पैथी) है- दूसरों को समझना। यह तभी संभव है, जब हम दूसरों की जगह खुद को रख कर उनकी स्थिति समझ सकें। इसके लिए अपने दिमाग को खुला रखने की कोशिश करें और ध्यान से सुनें कि दूसरे व्यक्ति का क्या कहना है। बातों को केवल सुनें नहीं बल्कि समझें भी। जब आप सुनते हैं, तो आप बस किसी व्यक्ति के शब्दों के तात्पर्य को समझ रहे होते हैं। लेकिन जब आप उनके शब्दों और भावों को समझते हैं, तो उनकी भावना, परिस्थिति, मानसिकता और इरादे को भी जान सकते हैं।

मान लीजिए, आपकी बहन की अपनी सबसे अच्छी दोस्त के साथ लड़ाई हो जाती है। खाना खाते वक़्त वो आपकी चम्मच के प्लेट में ज़ोर-ज़ोर से

टकराने अथवा खाना खाते समय आपके मुँह से निकलने वाली आवाज़ पर झुँझलाती है। आप जब उसकी मनोदशा और भावना को समझते हैं, तो जान सकते हैं कि वह अपनी सहेली से झगड़े को लेकर परेशान है और उसके कारण ही आप पर झुँझला रही है। जब आप उसकी स्थिति का विश्लेषण भी करते हैं। तो आप उससे कह सकते हैं :

"मुझे लगता है कि आप किसी निजी कारण से परेशान हैं। लेकिन किसी और का गुस्सा मुझ पर नहीं निकालना चाहिए। लेकिन फिर भी मैं अब खाते समय अधिक ध्यान रखूँगा।"

इसी तरह घर-परिवार के दूसरे सदस्यों की भी अपनी ही अलग परिस्थितियाँ और उनसे उपजी भावनाएँ हुआ करती हैं। आपके दूसरे बड़े किसी और कारण से झुँझलाए बैठे हैं और आपकी किसी ग़लती पर आपको फटकारने लगते हैं। स्कूल में कोई टीचर बिना वजह ही, झुँझला जाता है और आपके किसी साथी या आपको अपमानित कर देता है। इस स्थितियों में तो हम उनसे कुछ कह भी नहीं कह सकते। तो? क्या करेंगे? उत्तर आसान है। ऐसी स्थिति में खुद चिंतित नहीं होंगे लेकिन इसे ध्यान में रखेंगे कि अनेक स्थितियों में लोग बिना स्पष्ट कारण भी झुँझला सकते हैं। यह उनकी समस्या है। आपको उससे प्रभावित नहीं होना चाहिए।

मतलब की बात

क्रोध में आपे से बाहर होने के या उसे पी जाने के बजाय, संयम और सद्भावना से दूसरों के साथ बातचीत करें और किसी ऐसे निर्णय पर पहुँचने की कोशिश करें, जो आपके लिए भी काम करे। यह व्यवहार जीवन भर आपकी सहायता करेगा।

उदाहरण- आपका भाई या बहन इस बात पर नाराज़ है कि आप लगातार वीडियो गेम खेले जा रहे हैं। वह चाहता है कि आप इसे तुरंत बंद करें। उससे उलझने और 'मेरी जो मर्ज़ी होगी, वैसा करूँगा!' ऐसा मुँहतोड़ जवाब देकर ख़ुश होने के बजाय, यूँ भी कहा जा सकता है:

“बस, मुझे आधा घंटा खेलने दें। मेरे सारे काम हो चुके हैं। मेरा खेलने का मन है। अगर आपको इस पर भी कोई समस्या है या आप अकेला रहना चाहें, तो अभी चला जाऊँ?”

इस तरह के सोचे-समझे उत्तर सदा आपकी सहायता करेंगे। लेकिन ये उत्तर वे ही नहीं हैं जो यहाँ लिखे हैं। हर परिस्थिति और व्यक्ति के अनुसार अलग उत्तर या प्रतिक्रिया देना सीखिए। इसका सबसे आसान तरीका है, बात करने वाले व्यक्ति को समझें। अपनी आवश्यकता समझें। परिस्थिति और अपने सम्बन्धों को ध्यान में रख कर ऐसा उत्तर दें, जिससे कोई नया विवाद या झंझट न खड़ा हो।

शांत रहें

अगर हम अपने गुस्से पर नियंत्रण न रखें तो कई बार कड़वी और अनुचित बातें कह जाते हैं। इससे स्थिति और खराब हो सकती है। उलजुलूल बोलने के मुकाबले शांत रहना अधिक अच्छा है। किसी को भड़काने वाली बातचीत से कभी किसी का लाभ नहीं होता।

उदाहरण- आपके पिता आपके द्वारा अत्यधिक मोबाइल, टीवी या वीडियो गेम में रुचि के कारण आप पर झुँझलाते हैं। तब आप इसे अपना अपमान महसूस करते हैं। चिल्लाकर रोने या मोबाइल फेंक देने जैसी कोई अनुचित हरकत करने के बजाय आप यूँ भी कह सकते हैं:

मैं कोशिश करूँगा कि आपको नाराज़ न करूँ। लेकिन अभी तो मैं कुछ देर के लिए यहाँ से जाना चाहूँगा।

यह कह कर आप कुछ देर के लिए अलग कमरे में चले जाइए। लगभग 15-20 मिनट तक उनकी बात समझने की कोशिश करें। अपनी भावनाओं पर नियंत्रण करने का भी प्रयास कीजिए। इससे आप शांत हो जाएँगे तथा वापस आकर शालीनता से अपने पिता से बात करें। आप देखेंगे कि इस बीच उनका क्रोध भी शांत हो गया है।

ऐक्टिविटी - 4

समय निकालकर, एक ऐसे समय के बारे में विचार करें जब किसी ने आपको डरा-धमकाकर कुछ करवाने की कोशिश की हो। क्या तब आपने उनका कहा किया था? इसके बाद ऐसे समय के बारे में सोचें, जब किसी ने बहुत प्यार से आपको आपकी कमी समझाई। तब आपको कैसा लगा था? इसके बाद यह सोचिए कि जब आपने परिवार या स्कूल में अपने से छोटे किसी बच्चे को प्यार से कुछ समझाया था, तब आपको कैसा लगा था? उस बच्चे का व्यवहार अब आपके साथ कैसा है? ध्यान दीजिए स्कूल में किन शिक्षकों को बच्चे बहुत अधिक प्यार करते हैं? सोचिए ऐसा क्यों है?

निष्कर्ष: हम सभी डाँटने और सजा देने के बजाय प्रोत्साहन से ज्यादा प्रेरित महसूस करते हैं। संघर्षों को सुलझाने में क्रोध कभी कारगर रणनीति नहीं होता।

समझौते की समझदारी

संघर्ष को कम करने के लिए समझौता एक बहुत ही प्रभावी तरीका है। यह तब होता है जब दोनों ही पक्ष इसमें शामिल होते हैं और एक-दूसरे से सम्बन्ध बेहतर करने के लिए सकारात्मक दिशा में कदम उठाते हैं। जब हम खुद को बदले बिना किसी दूसरे को बदलना चाहते हैं तब हम सत्ता संघर्ष में फँस जाते हैं और इसका परिणाम ये निकलता है कि आपसी लड़ाई-झगड़ा खत्म नहीं हो पाता। यदि दोनों ही पक्ष एक-दूसरे को थोड़ा बहुत समझें तो बात सुधर सकती है।

उदाहरण- आपकी माँ बार-बार कहती हैं कि टीवी देखना बंद करो और पढ़ाई करो। आप उन्हें अनसुना नहीं करते हैं या उन पर चिल्लाते नहीं हैं, बल्कि समझते हैं कि उनकी चिंता आपके हित में ही है। फिर आप उनसे कह सकते हैं:

मैं हर दिन बस एक घंटे ही टीवी देखने की कोशिश करूँगा। जब मैं टीवी देखूँ तब कृपया आप मुझे बार-बार पढ़ाई के लिए मत कहिए।"

अपनी बात कहना

संवाद के तीन तरीके हैं: निष्क्रिय, आक्रामक और मुखर। जब हम निष्क्रिय होते हैं, तो अपनी भावनाओं और दृष्टिकोण को अनदेखा करते हैं। जब हम आक्रामक होते हैं, तो हम दूसरे की भावनाओं और दृष्टिकोण को नजरअंदाज कर देते हैं। मुखर संवाद करते समय, दूसरे का सम्मान करते हुए अपनी बात कही जाती है।

उदाहरण- आपके पिता अचानक ही अपने दोस्तों के सामने आपके खिलौनों के संग्रह का मज़ाक उड़ाते हैं। आपको बहुत बुरा लगता है। लेकिन इसे दबाने या उस पर परेशान होने के बजाय, आप उसे ऐसे कह सकते हैं:

"मुझे पता है कि आपने अपमान करने या मुझे दुःखी करने करे लिए ऐसा नहीं कहा था। लेकिन मुझे बहुत ही दुःख हुआ। कृपया भविष्य में मेरे टॉयज़ के कलेक्शन का मज़ाक़ मत बनाइएगा, तो अच्छा लगेगा।"

ऐक्टिविटी- 5

किसी ऐसी बात के बारे में सोचें, जो आप अपने परिवार के लोगों से कहना चाहते हैं। अब वही बात नीचे दिए गए चरणों को ध्यान में रखते हुए मुखरता से कहने की कोशिश करें।

1. समस्या यह है ....।

(समस्या का वर्णन करें।)

2. मुझे पता है कि आप यह समझते हैं .... ।

(किसी के दृष्टिकोण पर अपनी समझ यहाँ बताएँ।)

3. मुझे लगता है ....

(अपनी भावनाओं /दृष्टिकोण को व्यक्त करें।)

4. मुझे अच्छा लगेगा यदि आप ....।

(आप भविष्य में किसी से क्या आशा करते हैं।)

अभ्यास - 8

एक सप्ताह तक प्रतिदिन, आपके परिवार के सदस्य आपके लिए जो भी करते हैं, उसके लिए उनकी सराहना स्पष्ट शब्दों में कीजिए। इसके बाद देखें कि आप कैसा अनुभव करते हैं। यदि आप चाहें तो ये गतिविधि आगे भी जारी रखें; स्कूल, अपने सम्बन्धियों अथवा मित्रों के घर जाने पर या अपने साथ बड़े भाई-बहन के मित्रों के व्यवहार की सराहना।

इसका लाभ क्या है? जब आप अपने साथ किसी के व्यवहार की प्रशंसा या दुर्व्यवहार पर अपना मत व्यक्त करते हैं, तब केवल वे लोग ही नहीं आस-पास के लोग भी समझ जाते हैं कि कोई आपके साथ यूँही किसी भी तरह व्यवहार नहीं कर सकता। आपको भी समझना चाहिए कि दूसरों के साथ व्यवहार करते समय किन सीमाओं का ध्यान रखना चाहिए?

पाँच
कक्षा की कठिनाईयाँ

स्कूल युवा जीवन का एक महत्त्वपूर्ण हिस्सा है। शिक्षकों और अपने दोस्तों के साथ आप हर दिन स्कूल में कई घंटे बिताते हैं। जब कोरोना के कारण स्कूल ऑनलाइन था तो भी स्कूली दिनचर्या से जुड़े, छात्रों को परेशान करने वाले कई मुद्दे जैसे के तैसे ही बने हुए थे। आपको आज भी लगता होगा कि स्कूली तनाव से बचने का कोई आसान तरीका है ही नहीं, क्योंकि स्कूल तो जाना ही पड़ता है और जब तक पढ़ना है, स्कूल से पीछा छूटने वाला नहीं है। लेकिन ये परेशानियाँ केवल आपकी ही नहीं हैं, ये स्कूल जाने वाले सभी बच्चों को कभी न कभी होती ही हैं। आपके साथ यदि ऐसा हो रहा है, तो यह असामान्य नहीं है। आप नीचे दिए गये, तर्क संगत तरीकों का पालन करके, आसानी से स्कूल या कक्षा संबंधी चिंताओं को पीछे छोड़ सकते हैं।

शैक्षिक तनाव

पढ़ाई में अच्छा करने का दबाव सभी बच्चों को होता है। आप एक विषय में अच्छे हो सकते हैं लेकिन दूसरे में नहीं। किसी एक्स्ट्रा करिकुलर ऐक्टिविटी में आपको बहुत कामयाबी मिल सकती है, लेकिन पढ़ने-समझने में आपको बेहद दिक्कत आ सकती है। ऐसा होता है, तब भी उम्मीद मत हारिए। सबसे पहले, तो यह समझिए कि हर इंसान में कोई न कोई अलग विशेषता होती है। निरंतर अभ्यास से कोई भी अपनी कमियाँ दूर कर सकता है। इसलिए अपनी कमियों को दूर करने के लिए, आपको क्या करना है, अब यह समझिए।

विचार बिंदुः आपको कछुए और खरगोश की कहानी याद है? उस कहानी की सीख थी, धीरे-धीरे लेकिन निराश हुए बिना निरंतर प्रयास करने वाला भी बहुत तेज़ भागने वाले से जीत सकता है।

इसलिए अगर हम धीरे-धीरे लेकिन साल भर निरंतर पढ़ाई करें, तो पढ़ाई के साथ-साथ अपनी चिंताओं को भी दूर करने में सफल हो सकते हैं।

नियमित अभ्यास का जादू

जीवन के प्रत्येक क्षेत्र में अभ्यास का बहुत महत्त्व है। आप नेट पर ढूँढ कर अपने मनपसंद किसी भी व्यक्तित्व के सफलता की कहानी देखिए-समझिए। आप पायेंगे कि उन सभी ने अपने जीवन को इस ऊँचाई तक लाने के लिए बहुत अभ्यास किया है। आप भी इन चरणों को अपनाइए और दक्ष बन जाइए :

1. चाहे कुछ भी हो जाए, प्रतिदिन कम से कम 20-30 मिनट एकाग्रता से पढ़ाई अवश्य करें। मुझे पता है कि इतना कम समय आपको अपर्याप्त लगेगा, शायद आपको हँसी भी आये, कि बस 20-30 मिनट! निश्चित रूप से आपके आसपास हर कोई आपको बताता होगा

कि आपको तीन-चार घंटे तक अध्ययन करने की आवश्यकता है। लेकिन इसके साथ यह समस्या भी है कि तीन-चार घंटों की पढ़ाई बहुत मुश्किल, उबाऊ और थकाने वाली लगती है। इसलिए आमतौर पर छोटे बच्चे ऐसी शुरुआत करने की हिम्मत ही नहीं जुटा पाते। सोचिए, इसका नतीजा क्या होगा? न जाने कितने 20-30 मिनट आप प्रतिदिन गँवाते रहेंगे। तीन-चार घंटे तक लगातार मन लगाकर पढ़ने की नौबत आयेगी ही नहीं। इसके उलट, यदि आप रोज केवल 20-30 मिनट तक ही अध्ययन करते रहते हैं, तो यह सिलसिला बहुत लंबे समय चल सकता है। सदा याद रखिए कि निरंतरता अवधि से अधिक मायने रखती है।

2. हम सभी ऐसे विषयों या काम को एक तरफ रख देते हैं, जिनमें हमें कठिनाई होती है या मज़ा नहीं आता। परीक्षा के दृष्टिकोण से देखा जाए, तो वे हमें असहज, तनावपूर्ण या हताश बनाते हैं। लेकिन आप यह भी जानते हैं कि भले ही आपने सभी विषयों को तैयार किया है,

परन्तु जिस विषय को आपने मन से तैयार नहीं किया है, वही सबसे कठिन है। इसलिए एक विपरीत रवैया अपनाएँ। सबसे कठिन विषयों के साथ पहले शुरू करें। भले ही 20-30 मिनट के साथ, क्योंकि इस तरह जब आप प्रगति करेंगे, तो आपका आत्मविश्वास बढ़ता ही जाएगा। आपका मानसिक तनाव कम होगा। आप अधिक चिंतित नहीं रहेंगे।

3. लगभग सारे ही बच्चे, बहुत मन से पढ़ाई के अपने कार्यक्रम की टाइम टेबल बनाते हैं। ये टाइम टेबल आपने भी बनाई होगी। याद कीजिए, उस टाइम टेबल का कितना पालन कर पाए? बहुत कम न! मुझे भी मालूम था। ऐसा क्यों हुआ? सोचिए। पायेंगे कि आपने अपने ही लिए इतनी मुश्किल समय सारिणी बना डाली, जिसका पालन करना ही कठिन रहा। क्यों नहीं कर पाए, अपनी ही बनाई टाइम टेबल का पालन? इसलिए क्योंकि आपने हर घंटे की योजना तो बना ली, लेकिन उस टाइम टेबल का पालन करने की योजना बनाई ही नहीं। संसार के अनेक अत्यंत सफल व्यक्तित्वों ने अपनी कामयाबी का रहस्य बताते हुए अपने साक्षात्कारों और जीवनियों में बताया है कि उन्होंने अपने हर कार्य का दैनिक और साप्ताहिक लक्ष्य बनाया। किसी एक दिन में क्या काम पहले करना है और कौन-सा काम बाद में, इसे अपना ध्येय बनाया। जो काम उस दिन बचा, उसे अगले दिन के लक्ष्य में सम्मिलित किया। आप भी सोचिए कि किसी एक दिन में आपको क्या काम करना है? क्या पहले पढ़ना है और क्या बाद में? एक सप्ताह में आप कितना कोर्स ख़त्म करने की उम्मीद करते हैं? यदि आप अपने साप्ताहिक लक्ष्य को पूरा नहीं कर पाते हैं, तो उसे अगले सप्ताह तक आगे बढ़ाया जा सकता है। ऐसा करना एक अव्यवहारिक समय सारिणी की तुलना में अधिक आसान है।

ऐक्टिविटी- 6

अपनी पढ़ाई के लिए दैनिक और साप्ताहिक योजना बनाएँ।

4. अपनी योजना में आरामदायक या मजेदार गतिविधियों के लिए कुछ समय अवश्य रखें। घंटों तक अध्ययन करने से आपकी उत्पादकता सुनिश्चित नहीं होती है। अपने दिमाग को आराम देना और फलस्वरूप उसे दोबारा सीखने और याद करने के लिए तैयार करना भी आवश्यक है। एक्स्ट्रा करिकुलर ऐक्टिविटी भी उतनी ही महत्त्वपूर्ण हैं, जितनी अकादमिक। इसलिए, उन्हें भी समय देना ज़रूरी है। अध्ययन करने के साथ, यदि आप अपने पालतू जानवरों के साथ खेलने, संगीत सुनने या टहलने जैसी आरामदायक गतिविधियों के लिए भी कुछ समय लगाते हैं, तो उससे आपका मन ताज़ा हो जाएगा और फिर से अध्ययन करने के लिए तैयार हो सकेगा।

5. योजना बनाते समय टीवी और मोबाइल गेम्स से कुछ दूरी बनाने की कोशिश करनी है। इन्हें एकदम से बंद मत कीजिए, बस स्क्रीन टाइम घटाइए। यदि आप निरंतर एक घंटा पढ़ नहीं पा रहे तो उससे अधिक समय स्क्रीन टाइम पर बर्बाद कैसे कर सकते हैं? अपनी दैनिक योजना में आपने स्कूल में जो समझा हो, उसके अभ्यास और होमवर्क को स्थान अवश्य दीजिए। शाम के समय घर के अंदर या बाहर खेल, साइक्लिंग या योग के लिए एक घंटा रखना ही है। रात्रि के समय की योजना में फैमिली टाइम ज़रूर रखें।

6. साप्ताहिक योजना में आपने पूरे सप्ताह जो पढ़ा उसका पुनरावलोकन (रिविज़न) अवश्य शामिल करें। कोई प्रोजेक्ट या असाइनमेंट मिला हो तो उसे पूरा करें।

7. रविवार या त्यौहारों के दिन आप आराम करने, परिवार के साथ बिताने तथा स्क्रीन टाइम का समय बढ़ा सकते हैं।

8. दैनिक और साप्ताहिक योजना में लचीलापन अवश्य रखिएगा, ताकि आवश्यकता पड़ने पर उसमें हेर-फेर किए जा सकें। यदि कभी किसी भी तरह पढ़ने का मन न हो, तो आराम करें। उसके बाद फिर से कोशिश करें।

अभ्यास-9

पांच से 10 मिनट की उन गतिविधियों की एक सूची बनाएँ, जो आप अपनी पढ़ाई के समय के बीच थकने या ऊबने पर आराम लेने के समय में करके फ्रेश हो सकते हैं।

स्कूली धौंसबाज़

स्कूली जीवन में बच्चों को धमकाने, डराने या धौंस देने की शिकायतें दुनिया भर के बच्चों को हैं। ऐसा तब होता है जब कोई छात्रों को किसी मामूली से बहाने से डराने की कोशिश करता है। स्कूलों में ऐसे बहुत से बच्चे होते ही हैं। वे कमज़ोर छात्रों से छीन-झपट और मारपीट भी करते हैं। यदि आप उनका कहना नहीं मानते तो आपको गंभीर परिणाम भुगतने की धमकी दे सकते हैं। लेकिन हमेशा ये याद रखिएगा, ये धौंसबाज़ आपके स्कूल प्रशासन और माता-पिता से अधिक शक्तिशाली नहीं होते। यदि आपको लगता है कि आपको किसी ऐसे ही व्यक्ति से समस्या है, तो उससे निपटने के बहुत से तरीके हैं।

1. छिपाइए नहीं। घबराइये नहीं। शर्माइये नहीं। कोई आपको धौंस देता है या धमकाता है तो उसमें आपकी कोई गलती नहीं। जो आपको डरा-धमका रहा है, वही गलत व्यक्ति है। यदि आप यह बात अपने माता-पिता से बताने में हिचकते या डरते हैं, तो अपने बड़े भाई-बहन या परिवार के किसी बड़े की सहायता लीजिए। हो सके तो अपने स्कूल के किसी शिक्षक को अपनी समस्या बताइए।

2. यदि आपको लगता है कि किसी को बताने पर आपको डराने धमकाने वाला आपको ज्यादा चोट पहुँचा सकता है। तो यह भी सोचिए कि ऐसा करने पर क्या वह बच पायेगा? यह भी सोचिएगा कि अगर आप ऐसा नहीं करेंगे, तो वह कैसे रोका जा सकेगा? क्या किसी को न बताने से आपको सताने वाला आपको कम परेशान करने वाला है? निश्चित रूप से बच्चों पर धौंस जमाने वाले से बहुत अधिक शक्तिशाली लोग और भी हैं। आपके और आपके मित्रों के माता-पिता तथा स्कूल के अधिकारी उनमें से कुछ हैं। जिन मामलों में स्कूल ऐसे लोगों से बच्चों को नहीं बचाते, उनके विरुद्ध सरकार से कार्रवाई कराई जा सकती है।

3. यदि कोई आपको यह समझाए कि धौंसबाज़ी करने तथा धमकाने वालों को मुँह-तोड़ जवाब दो, तो आप धौंसबाजों से भिड़ने-लड़ने या उनका मुकाबला करने के दबाव में न आयें। ऐसा करना आपके नुकसान का कारण बन सकता है। इसके बजाय आप अपनी चिंताओं को खुले तौर पर अपने स्कूल के अधिकारियों, शिक्षकों तथा स्टाफ को बताएँ। कोई स्कूल नहीं चाहेगा कि उसकी छवि को लेकर गलत बातें दुनिया जाने और उसकी ख्याति को किसी प्रकार की अनुशासनहीनता के कारण बट्टा लगे।

4. अपने दोस्तों से मदद लें और एक-दूसरे के साथ निरंतर संपर्क में रहें। जब भी उनको लगे कि स्कूल के किसी ख़ास स्थान पर धौंस जमाने वाला हो सकता है। तो उनका भी साथ दें। कई बच्चों के एकसाथ होने पर उसकी हिम्मत जवाब दे जाएगी।

5. अगर आपको डर लगता है, तब भी ऐसा दिखावा और व्यवहार करें जैसे आपको उनके आसपास होने से कोई फर्क नहीं पड़ता। शांत हाव-भाव रख कर आगे बढ़ते जाएँ। धौंसबाज़ लोग आमतौर पर उन लोगों को चोट पहुँचाते हैं, जिनके मुक़ाबले वे ख़ुद को ताक़तवर मानते

हैं। जो उनसे डरता है, उसके ऊपर अपनी ताकत जताना उनके लिए आसान हो जाता है। लेकिन उन्हें अगर लगने लगे कि आप उनकी बदमाशी से प्रभावित नहीं हो रहे हैं, तो वे समझ सकते हैं कि अब इसे परेशान करने से कोई मुसीबत आने वाली है।

6. ऐसे काम करने में ज्यादा समय बिताएँ जिनमें आप अच्छे हैं। अपने आपको उन अवसरों की याद दिलाएँ, जब आपने बहादुरी और शक्ति दिखाई। इससे आपको अपना आत्मविश्वास बढ़ाने में मदद मिलेगी और आप इस तरह की धमकियों का सामना करने में अधिक सक्षम होंगे।

अभ्यास- 10

अपने जीवन की ऐसी घटनाओं के बारे में नीचे लिखें, जिनमें आपने बहादुरी और निडरता से काम किया और किसी डराने वाले जानवर या धौंसबाज़ व्यक्ति से बिना डरे निपटने में कामयाबी पायी:

1. ---

2.---

3.---

4.---

यदि यह स्थान कम पड़े, तो अलग पृष्ठ पर लिख सकते हैं। इससे आपका आत्मविश्वास बढेगा।

आकर्षण का गणित

आकर्षण बढ़ना एक सामान्य बात है। जैसे-जैसे आपका शरीर बड़ा हो रहा है, वैसे-वैसे आपकी भावनाएँ भी बढ़ रही हैं। आकर्षण तब होता है, जब आप किसी को इतना पसंद करते हैं कि आपके मन में उसके लिए विशेष भावनाएँ उत्पन्न हो जाती हैं। उसकी मौजूदगी में आप ख़ुशी या घबराहट महसूस कर सकते हैं और खुद को अवाक (स्पीचलेस) पा सकते हैं। आपकी आयु के लोगों के लिए किसी जानी-मानी हस्ती या ऐसे व्यक्ति के प्रति आकर्षण होना भी आम बात है जिसे आप करीब से नहीं जानते। यह आकर्षण सामान्य और यहाँ तक कि स्वस्थ है क्योंकि आप बड़े हो रहे हैं और हर तरह की भावनाएँ आपके मन में घर कर रही हैं। बस कुछ बातों का ध्यान रखें:

1. जब मन में किसी के लिए आकर्षण उत्पन्न होने लगे, तो क्या करना चाहिए? जब तक यह भावना रहे, उसका आनंद लें। ऐसी भावनाएँ अक्सर समय के साथ बदल जाती हैं। कोशिश करें कि उस व्यक्ति के अच्छे दोस्त बने रहें और उनके साथ अधिक समय बिताएँ। यदि आप उन्हें अपनी भावनाओं के बारे में बताने का फैसला करें, तो सुनिश्चित करें कि आप उनको अपनी भावना बताते समय, 'प्यार' के बजाय पसंद जैसे शब्द का उपयोग करें क्योंकि इसे प्यार कहना जल्दबाज़ी हो सकता है। इसके अलावा, एक दूसरी परिस्थिति के लिए भी तैयार रहें क्योंकि ज़रूरी नहीं, उन्हें भी आपके बारे में वैसा ही लगता हो, जैसा आपको लगता है। इसमें कोई गलत बात नहीं। समय के साथ आपके बारे में उनकी भावना बदल सकती है।

2. यदि आप अपने दोस्तों को अपनी भावना के बारे में बताएँगे, तो वे इस बारे में मज़ाक कर सकते हैं और भले ही यह मजेदार भी हो सकता है और आपको भी अच्छा लग सकता है। लेकिन उन्हें स्पष्ट

बताएँ कि आपको हँसी-मज़ाक में उस व्यक्ति को शामिल नहीं करना चाहिए, जिनके लिए आपकी विशेष भावनाएँ हैं। क्योंकि आपके दोस्तों का उनके प्रति बदला व्यवहार उस ख़ास व्यक्ति के लिए कष्ट और शर्मिंदगी भरा अनुभव हो सकता है। बात बनने से अधिक बिगड़ सकती है।

3. अपनी भावनाओं के कारण उस व्यक्ति को कभी भी असहज न करें, जिनके लिए आप मन में खिंचाव अनुभव करते हैं। यदि वे आपके द्वारा उन्हें देखने के ख़ास तरीके या अधिक निकट होने के प्रयास से नाराज या परेशान दिखते हैं, तो यह उनके आपसे दूर जाने का संकेत भी हो सकता है। जब वे आपके साथ ऐसी बातचीत नहीं कर रहे हों, तो आपके द्वारा उनका पीछा करना या उन पर टिप्पणियाँ करना भी ठीक नहीं है। एक तरफा आकर्षण में अपने आप को यह याद दिलाते रहना जरूरी है कि अनेक बार दूसरे व्यक्ति को ऐसा महसूस नहीं होता है और आपको किसी के लिए आपकी भावनाओं से सहमत होना आवश्यक नहीं है। उनकी रुचि या सहमति के बिना उन्हें किसी भी चीज़ में कभी शामिल नहीं करना चाहिए। आपको धैर्य के साथ उनका साथ देना चाहिए। फलतः जल्दबाजी के कारण आपकी स्थिति बदलेगी या बिगड़ेगी नहीं।

4. अगर उन्हें भी आप पसंद हैं, तो आप भी उनके साथ दोस्ती बढ़ा सकते हैं और उनके साथ अधिक समय बिता सकते हैं। अपनी पसंद, नापसंद, रुचियाँ और शौक साझा कर सकते हैं। जब परेशान महसूस कर रहे हों तो एक-दूसरे का साथ दे सकते हैं। लेकिन यदि आपको लगता है कि वह किसी दूसरे को पसंद करते हैं, तो आप उस व्यक्ति का नुकसान करने या उससे शत्रुता करने में समय मत गँवाइये। अनेक बार इससे ऐसा हो सकता है, जिसकी कल्पना करना भी असंभव है। लेकिन धैर्य रख कर सामान्य बने रखने में पासा पलट भी सकता है।

सबसे अच्छा ये है कि जब तक ऐसा न हो, अपने काम से काम रखें। अच्छे दोस्त बने रहें, इससे आप उनको खोएँगे नहीं। अलबत्ता जिसे वह पसंद करते हैं, वह भी आपका दोस्त बना रहेगा समय बीतने के साथ परिस्थितियाँ आपके पक्ष में बदल सकती हैं। उनसे आपका प्रेम का रिश्ता बन सकता है।

5. इसका सीधा मतलब यह है कि हमें लोगों को बेहतर सोच के साथ समझना चाहिए। किसी को पसंद या नापसंद करना, स्वाभाविक है, लेकिन ऐसी भावना के कारण आपका मानसिक संतुलन बना रहना चाहिये। सीधी-सी बात है कोई आपको लेकर क्या सोचता है, यह उसका अपना अधिकार है। इसे जितना जल्दी समझेंगे, उतना ही जल्दी आप जीवन में सफल होने की ओर बढ़ेंगे। आप अपने गुणों को निखारने और स्वयं को अधिक कामयाब बनाने पर ध्यान दीजिए। इसी से आप दूसरों के प्रेम और सम्मान के लायक बनेंगे।

6. अगर आप दिल टूटने से पीड़ित हैं, तो उम्मीद मत खोइए। जल्द ही आपको फिर से किसी और के प्रति आकर्षण हो जाएगा। तब तक सक्रिय बने रहें। स्कूल जाते रहें। पढ़ाई करते रहें। खेलते रहें। दोस्तों और परिवार के साथ बातचीत करते रहें। अपनी पसंद के काम करते रहें। आप देखेंगे कि समय के साथ सब कुछ ठीक-ठाक हो जाएगा। अपनी भावनाओं को एक तरफ न धकेलें। अपनी भावनाओं को दबाकर रखने से वह और उभरेंगी। यदि आप उन पर ध्यान दिए बिना अपना काम करेंगे, तो आपकी भावनाएँ धीरे-धीरे फीकी पड़ जाएँगी। इस नाकामी से आपका परेशान होना, दु:खी होना और रोना-धोना धीरे-धीरे समाप्त हो जाएगा।

नशाखोरी

आपकी उम्र के कुछ लड़के-लड़कियाँ शराब पीते होंगे या नशीले पदार्थों का सेवन करते होंगे। ये ऐसे पदार्थ हैं जो हमारे मस्तिष्क के रसायनों में कुछ बदलाव लाते हैं और हमें अलग तरह का महसूस कराते हैं। लोग इनका उपयोग करना इन कारणों से शुरू कर सकते हैं:

- सामाजिक स्वीकृति के लिए, क्योंकि ऐसा कुछ दोस्त भी करते हैं। उनके जैसा दिखने में शान है।
- दोस्तों ने दबाव बनाया और उस प्रभाव से बच नहीं पाए।
- कई बच्चों को लगता है कि नशे से चिंता कम होगी या आत्मविश्वास बढ़ेगा।
- अपने माता-पिता के किसी अप्रिय व्यवहार के विरुद्ध घृणा या उससे विद्रोह के लिए।
- भावनात्मक परेशानी, कठिनाई, स्कूल-घर-मैत्री की समस्याओं से परेशान होकर। किसी अत्यंत प्रियजन को खोने का दुःख सहन न होना आदि।
- बस एक नये अनुभव, मौज-मस्ती के लिए या एक रोमांचक प्रयोग के तौर पर।

आपके माता-पिता और अन्य बड़े लोग आपको बताते हैं कि यह नैतिक रूप से गलत है और आपके स्वास्थ्य के लिए अच्छा नहीं है, इसलिए आप पहले से ही नशाखोरी के बारे में काफी कुछ जानते ही हैं। आइये, इन तर्कों को अलग रख कर एक बार ये समझते हैं कि मानसिक स्वास्थ्य बनाये रखने के लिए शराब और नशीले पदार्थों का सेवन करना ठीक क्यों नहीं है:

1. शुरुआत में आप इससे कुछ ख़ुशी और अपने दोस्तों की वाहवाही पाने में सफल हो सकते हैं। लेकिन बहुत ही जल्द आप उसे खो देंगे। जब आप धूम्रपान के कारण खाँसते हैं या शराब पीने के कारण अजीब तरीके से व्यवहार करते हैं या किसी नशीले पदार्थ का सेवन करने के बाद आपका दिमाग काम करना बंद कर देता है। तब आपके आस पास के लोग भी आपसे बचने लगते हैं। आपकी हँसी उड़ाने लगते हैं। आपसे घृणा करने लगते हैं। इसके अलावा जो लोग अकादमिक या खेलकूद में बेहतर प्रदर्शन करते हैं या अच्छे गायक/ नर्तक /कलाकार होते हैं, वे ही लोग सबको अच्छे लगते हैं और हर किसी की तारीफ के हक़दार बन जाते हैं।

विचार बिंदु: उन लोगों के बारे में सोचिए जिनका आप सम्मान करते हैं या उनके जैसा बनना चाहते हैं। उनकी योग्यताएँ क्या हैं? क्या उनमें से किसी को आप सिर्फ इसलिए पसंद करते हैं कि वे शराब पीते हैं या धूम्रपान करते हैं?

हम सभी ताकत, बहादुरी, दया, बुद्धि आदि जैसे गुणों की ही प्रशंसा और सम्मान करते हैं। सच है न?

2. यदि आपके दोस्त आप पर कुछ ऐसा करने का दबाव डालते हैं, जो वास्तव में आप नहीं करना चाहते तो वो आपके दोस्त नहीं हैं। यदि आप उनके दबाव में आकर कुछ भी शुरू कर दें, तो वह सब कब बंद होगा? कल वे ही लोग आपसे और भी अधिक गिरे हुए तथा गलत काम करने के लिए कह सकते हैं। सोचिए, सच्चे दोस्त कौन होते हैं? वे जो अपने दोस्तों को गलत काम करने को दबाएँ या उसके गुणों को निखारें? एक-दूसरे को समझना और उनका समर्थन करना चाहिए। अगर आप विनम्रता और मुखरता से उन्हें मना करें तो हो सकता है वो समझ जाएँ। अगर आप उन्हें 'नहीं' कहने में डर महसूस करते हैं,

तो फिर से, सवाल यह है कि क्या वे वास्तव में आपके दोस्त हैं? क्या किसी को भी अपने दोस्तों से डरना चाहिए? निम्नलिखित कुछ कथन हैं जिनका प्रयोग आप शराब और नशीले पदार्थों को इंकार करने के लिए कर सकते हैं:

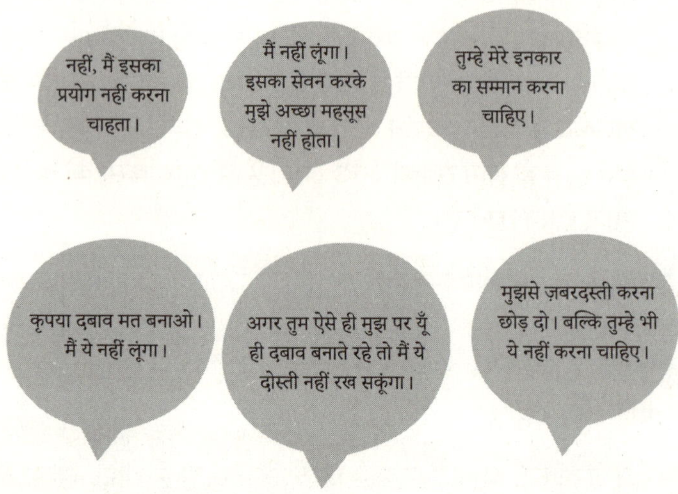

यदि आप पेशकश करने वाले व्यक्ति के करीब हैं, तो उन्हें यह समझाने की भी कोशिश कर सकते हैं कि आपको ऐसा क्यों लगता है कि नशा आपके लिए अच्छा नहीं है? अन्यथा, अपने निर्णय को व्यक्त करना और उस जगह को छोड़ना सबसे अच्छा है। यदि आप अभी भी नहीं समझ पा रहे हैं कि कैसे आगे बढ़ना है, तो किसी ऐसे बड़े की मदद लें जिन पर आप भरोसा करते हैं। लेकिन ये ध्यान अवश्य रखिएगा कि उलटे वह ही आप पर धौंस जमाने वाला न हो।

3. हम अब जानते हैं कि शराब और नशीले पदार्थों का सेवन चिंताओं से मुकाबला करने की एक अच्छी या स्वस्थ रणनीति नहीं है। शुरुआत में आपको ऐसा महसूस हो सकता है कि इसने आपको क्षणिक रूप से ख़ुश महसूस कराने में आपकी मदद की है। लेकिन यह एक अस्थायी बदलाव है जो जल्द ही उलट जाएगा। यदि आप अपनी चिंताओं को स्वस्थ तरीके से प्रबंधित नहीं करते हैं, तो वे जमा होती रहेंगी और जल्द ही आप पूरी तरह से भ्रमित और खोए हुए महसूस करेंगे। नशीले पदार्थों का सेवन या उपयोग करने से वर्तमान चिंताओं की अनदेखी तो होती ही है, इसके अलावा इन पदार्थों का उपयोग करके उत्पन्न समस्याओं को आमंत्रण भी मिल जाता है।

शराब पीने या नशीले पदार्थों के सेवन के बाद कुछ लोगों को जो आत्मविश्वास महसूस होता है, वह सतही होता है। ऐसा नहीं है कि उस व्यक्ति ने अपने सामाजिक कौशल में सुधार किया है और इसलिए वे अधिक आत्मविश्वासी दिखाई दे रहे हैं। इसकी वजह यह है कि वे नशे का इस्तेमाल करते हुए शर्मिंदगी की भावना को दबाते हैं। यह दब तो गया लेकिन परनिर्भर बनाकर लम्बी दौड़ में किसी के आत्मविश्वास को कम करता है।

4. कुछ लोग माता-पिता के खिलाफ जाने की इच्छा के परिणामस्वरूप शराब और नशीली दवाओं का उपयोग करते हैं। जिन व्यक्तियों का अपने माता-पिता के साथ अच्छा संबंध नहीं होता, वे उन पर गुस्सा निकालने या अपने माता-पिता को सबक सिखाने के लिए ऐसा कर सकते हैं। इस तरह की सोच नुकसानदेह हो सकती है। जैसा कि पहले चर्चा की गई थी, यह न केवल आपके माता-पिता के साथ आपकी समस्याओं को बढ़ाता है बल्कि आपके जीवन में और अधिक चिंताओं को भी जोड़ता है। जब आप नशे का उपयोग करते हैं, तो एकमात्र व्यक्ति जिसे आप वास्तव में नुकसान पहुँचा रहे हैं वह आप स्वयं है।

   यदि आपकी अपने माता-पिता के साथ कोई समस्या है, तो आपको उनसे खुलकर बात करने की कोशिश करनी चाहिए, जैसा कि हमने पहले समझा था। यदि आप खुद को ऐसा करने में असमर्थ पाते हैं, तो किसी अन्य विश्वसनीय बड़े की मदद लें। यदि आपको लगता है कि आप इसे आमने-सामने व्यक्त नहीं कर सकते हैं, तो आप उन्हें एक पत्र लिखें या एक ऑडियो रिकॉर्ड करें। आप कैसे भी व्यक्त करें, मुद्दों को हल करना ही सबसे अच्छा है बजाय इसके कि उन्हें खुद को या दूसरों को नुकसान पहुँचाने के बहाने के रूप में उपयोग किया जाए।

5. बदलाव किसी के लिए भी कठिन है। हम अपने वर्तमान जीवन में अभ्यस्त हो जाते हैं या सहज हो जाते हैं और जब भी अचानक परिवर्तन होता है, तो हमें उससे तालमेल बैठने के लिए समय और धैर्य की आवश्यकता होती है। किसी बदलाव के साथ अभ्यस्त होने का सबसे अच्छा तरीका है कि आप अपनी दिनचर्या का पालन करते हुए उसे समय दें और वह सब करते रहें, जो हर स्थिति में आपसे करने की उम्मीद की जाती है।

अभ्यास-11

ऐसी तीन परिस्थितियों के बारे में लिखें, जिनसे सहज होने में आपको आरम्भ में मुश्किल हो रही थी, लेकिन समय के साथ आप उनसे तालमेल बनाने में सफल हो गए थे:

1. --
----

2. --
----

3. --

उदाहरण के लिए, यदि आपने अपना स्कूल बदल लिया है और आपको मुश्किल हो रही है, तो बस स्कूल जाते रहें। सुनिश्चित करें कि आप बेहतर महसूस करने के लिए स्कूल को न छोड़ें क्योंकि इससे आपका नये वातावरण से तालमेल बहुत अधिक कठिन हो जाएगा। अपना होमवर्क करें और सहपाठियों के साथ बातचीत शुरू करने की कोशिश करें। शीघ्र ही आप दोस्त बना लेंगे और स्कूल के काम पर पकड़ हासिल कर लेंगे और तब आपको स्कूल जाने में मज़ा भी आना शुरू हो जाएगा। शराब और नशा किसी भी समस्या का समाधान नहीं है।

6. नयी चीजों के साथ प्रयोग करने की इच्छा आपकी उम्र में प्रमुख हो सकती है। इसके दो कारण हैं: पहला, अलग-अलग चीजों को आज़माने के लिए छानबीन करने की चाह और जिज्ञासा और दूसरा, आपकी आयु के लोग जानते ही नहीं हैं कि उनके साथ कोई बुरी बात हो सकती है। नव-युवाओं को लगता है कि वे अपराजेय हैं, जिसका

अर्थ है कि वे हर बुरी चीज़ से सुरक्षित हैं। लेकिन हम तार्किक रूप से जानते हैं कि यह सच नहीं हो सकता। क्रियाओं के परिणाम होते हैं और नशीले पदार्थों के उपयोग के निश्चित रूप से नकारात्मक परिणाम होते हैं। एक पदार्थ जो हमारे मस्तिष्क के रसायनों को बदल देता है, कभी भी पूरी तरह से हानिरहित नहीं हो सकता। और जब हम आग से खेल रहे हैं, जिसका अर्थ है एक ऐसी खतरनाक चीज़ को संभालना, जो किसी भी बिंदु पर हाथ से बाहर निकल सकती है।

7. आपको लग सकता है कि अपने दोस्त के गिलास से थोड़ी शराब पी लेने या उसकी सिगरेट के एक दो कश लेने में कोई बुराई नहीं है। लेकिन इन पदार्थों के बारे में एक बात महत्त्वपूर्ण है। प्रारंभ में, एक छोटा-सा पेग या एक कश आपको आरंभिक नशे का आनंद दे सकता है और इसलिए आपको लग सकता है कि स्थिति आपके नियंत्रण में है और आप इसे संभाल सकते हैं। लेकिन जल्द ही आप का शरीर उसका आदी हो जाएगा, मतलब यह कि आप जो आनंद पहले पा रहे थे, बाद में उसे प्राप्त करने के लिए आपको ज़्यादा नशे का उपयोग करना पड़ेगा। इसके बाद आपको उतना भी काफी नहीं लगेगा। यही कुचक्र चलता रहेगा। इसके अलावा जब आप शराब और नशीले पदार्थों पर निर्भर हो जाएँगे, तब उनको छोड़ने में आपको इसलिए बेहद कठिनाई होगी, क्योंकि आपका शरीर उसी नशे के लिए तरसेगा। मुमकिन है आपको वह उलझन का अनुभव कराये। इन अप्रिय संवेदनाओं को निकासी लक्षण (विदड्राल सिंड्रोम) कहते हैं। ये लक्षण किसी भी व्यक्ति के मानसिक और शारीरिक स्वास्थ्य पर तरह-तरह से प्रभाव डालते हैं। एक बार नशे के चक्कर में फँसने पर उससे निकलने में बेहद तकलीफ भी होती है।

शराब और नशीले पदार्थों के सेवन से शारीरिक स्वास्थ्य संबंधी गंभीर समस्याएँ भी हो सकती हैं। इसके अलावा डिप्रेशन, बाईपोलर

सिंड्रोम (कभी बिना कारण बहुत उत्साह, कभी बिना वजह परेशानी), चिंता संबंधी विकार तथा मानसिक स्वास्थ्य संबंधी विकार हो सकते हैं। यह विकार न भी हों तो नशा आपकी सहनशक्ति, निर्णय लेने की क्षमता, स्मृति और एकाग्रता को प्रभावित करता है।

परीक्षा की चिंता

परीक्षा देने से पहले थोड़ा घबराना सामान्य बात है। यह आपको ध्यान केंद्रित करने और अच्छा प्रदर्शन करने में भी मदद कर सकता है। लेकिन, जब वह चिंता इस कदर बढ़ जाती है कि यह आपके प्रदर्शन को नकारात्मक रूप से प्रभावित करना शुरू कर देती है, तो यह एक बड़ी मुश्किल बन जाती है। परीक्षाओं से घबराने वाले व्यक्ति में निम्नलिखित संकेत दिख सकते हैं:

- परीक्षा से ठीक पहले और परीक्षा के दौरान तीव्र बेचैनी।
- अनचाही शारीरिक संवेदनाएँ, जैसे साँसें तेज़ होना या सिर या छाती में भारीपन आदि।
- परीक्षाओं पर ध्यान केंद्रित करने में असमर्थता।
- जो भी सीखा था वह याद करने में विफलता।
- जो कुछ भी सीखा था उसे पूरी तरह भूल जाना और उत्तर पत्र को खाली छोड़ देना।

निम्नलिखित सुझाव आपकी परीक्षा की चिंता से निपटने में आपकी मदद कर सकते हैं:

1. परीक्षाओं के दौरान एक उचित दिनचर्या बनाए रखें। बहुत से लोग परीक्षा के दौरान अपने खाने और सोने के चक्र बिगड़ने देते हैं। जिससे तनाव बढ़ जाता है। रोजाना 7-8 घंटे नींद लेने के साथ ही नियमित दिनचर्या बनाए रखना इसमें बहुत मदद करता है। पढ़ाई के दौरान

अक्सर हम तला हुआ खाना, मिठाई या कैफीन युक्त पेय पदार्थों का सेवन भी ज्यादा करते हैं। ये सभी हमारे ऊर्जा के स्तर में अचानक वृद्धि और फिर अचानक गिरावट लाते हैं जो अप्रिय शारीरिक संवेदनाओं को बढ़ावा देता है।

2. अध्ययन के लिए एक औपचारिक माहौल बनाये रखें। इसे यथासंभव अपनी वास्तविक परीक्षा जैसा ही बनाने की कोशिश करें। शोध से पता चला है कि हमारी स्मृतियाँ परिस्थितियों पर निर्भर हैं। आप जिस स्थिति में अध्ययन करते हैं और जिस स्थिति में उसे याद करते हैं कि आपने क्या अध्ययन किया है, यदि वह स्थितियाँ समान होंगी, तो आपकी याददाश्त आपकी बेहतर मदद करेगी।

    स्मृतियाँ हमारी मनोदशा पर भी निर्भर होती हैं। जब हम घर पर पढ़ाई करते हैं, तब हम शांत होते हैं। लेकिन परीक्षा भवन में हम घबराए हुए होते हैं। दोनों ही स्थितियों में हमारी मनोदशा मेल नहीं खाती, इसलिए याददाश्त काम नहीं करती। अपनी परीक्षा शुरू होने से पहले, शरीर को आराम दें, उसे ढीला छोड़ें, कुछ गहरी साँसें लें। गहरी साँस लेने का मतलब है ऐसे साँस लेना जैसे आप अपनी पसंद की सुगंध सूंघ रहे हैं और फिर ऐसे साँस छोड़ना जैसे आप कोई मोमबत्ती बुझा रहे हैं।

एक्टिविटी- 7

गहरी साँसें लेने का अभ्यास करें। नाक से लम्बी साँस अंदर लें और मुँह से धीरे-धीरे उसे बाहर छोड़ें। इसे तीन बार दोहराएँ।

जब भी आप तनाव महसूस कर रहे हों तो कुछ गहरी साँसें लें। इससे आपको शांत होने में मदद मिलेगी।

यदि आप अभी भी आराम महसूस नहीं करते हैं, तो कुछ देर को अपनी आँखें बंद करके एक सुखद जगह की कल्पना करने की कोशिश करें। आप क्या देखते हैं? आप क्या सुनते हैं? आपको क्या गंध आती है? आप क्या महसूस करते हैं या क्या छूते हैं? आप क्या स्वाद महसूस करते हैं? उदाहरण के लिए, आप एक सुंदर बगीचे में चलने की कल्पना कर सकते हैं। आप हरे भरे घास, फूल, तितलियों और पक्षियों को कल्पना में देख सकते हैं। पक्षियों के चहचहाने की मधुर आवाज़ सुन सकते हैं। आप फूलों की मीठी ख़ुशबू सूंघ सकते हैं। आप अपने पैरों के नीचे की घास और बालों में हवा का बहाव महसूस कर सकते हैं। आप फूलों की कोमल पंखुड़ियों को महसूस कर सकते हैं। आप बगीचे में सेब के पेड़ से मीठे, रसदार सेब का स्वाद ले सकते हैं। एक बार जब आप सभी इंद्रियों में सकारात्मक संवेदनाओं को महसूस करते हैं, तो आप बहुत शांति अनुभव करते हैं।

एक्टिविटी-8

एक ऐसी जगह की कल्पना करें, जहाँ आप खुद को सबसे ज़्यादा शांत और संतुष्ट महसूस करें। इस जगह पर आप क्या देखते हैं? तब आप क्या सुनते हैं? आपको क्या गंध आती है? आप क्या महसूस करते हैं या छूते हैं? आप क्या स्वाद महसूस करते हैं? इन सभी मधुर संवेदनाओं की कल्पना कीजिए।

जब भी आप परेशान या चिंतित महसूस कर रहे हों तो आप अपने आप को शांत करने के लिए इस सुखद कल्पना का उपयोग कर सकते हैं।

3. जब आप चिंतित होते हैं तो आप खुद से क्या कहते हैं? यह बहुत मायने रखता है। अपने आप से यह कहने के बजाय कि “निश्चित ही मुझे असफलता मिलेगी!”, “मुझे कुछ याद ही नहीं है!”, “मेरे साथ हमेशा ही ऐसा होता है!” ऐसा सोचने के बजाय हौसला बढ़ानेवाली बातें कहें। खुद से इस तरह बात करें, जैसे आप किसी ऐसे दोस्त से बात कर रहे हों, जो घबरा रहा है। इस तरह की सकारात्मक और सहायक बातों का उपयोग करें।

4. कई लोगों को इसलिए परीक्षाओं की चिंता हो जाती है क्योंकि उन्होंने अच्छी तैयारी नहीं की होती। इसलिए यह ज़रूरी है कि अपनी परीक्षा के लिए समय रहते ही अच्छी तरह से तैयारी करें, ताकि बाद में आपकी चिंता बेकाबू न हो। सदा परीक्षाएँ शुरू होने से बहुत पहले हर दिन केवल कुछ मिनटों के लिए अध्ययन करें। इस तरह आपको तनाव का अहसास भी नहीं होगा और आप अपने पाठ्यक्रम को पूरा करने में कामयाब होंगे।

परीक्षा के समय यूँ घबराना तो सामान्य बात है।

गहरी साँसें लो दोस्त! निस्संदेह सब ठीक हो जाएगा।

5. अपनी परीक्षा की चिंता के बारे में अपने शिक्षक से बात करें। वे आपके साथ आसानी से पढ़ने की तकनीकें साझा करने के साथ ही परीक्षा हॉल में तनाव को कम करने में मदद करने के बारे में समझा सकते हैं।

भले ही मुझे ऐसा महसूस हो रहा है कि कुछ याद नहीं है लेकिन वास्तव में ऐसा हो ही नहीं सकता।

मैं जानता हूँ मैंने पढ़ाई की है। सब कुछ भूलने का सवाल ही नहीं है !

6. परीक्षा के दिन स्कूल जल्दी पहुँचें ताकि किसी भी तरह की हड़बड़ी से गड़बड़ी में न पड़ें। यह सुनिश्चित करें कि आपने अपनी परीक्षा से पहले एक पौष्टिक नाश्ता और पिछली रात अच्छी नींद ली है। अंतिम समय में पढ़ाई करने से ही चिंता बढ़ती है। इसलिए परीक्षा से कम से कम 15-20 मिनट पहले पढ़ाई बंद कर दें। प्रश्न पत्र को अच्छी तरह से और ध्यान से पढ़ें और फिर एक-एक करके जो सवाल आपको सबसे आसान लगते हैं, उनके उत्तर देना शुरू करें। परीक्षा के समय का सदा ध्यान रखें ताकि परीक्षा के लिए निर्धारित समय में ही सारा काम खत्म कर सकें।

छः

कहानी दोस्ती-दुश्मनी की

दोस्त हमारे जीवन में भावनात्मक समर्थन, सीखने और आनंद का स्रोत होते हैं। वे हमें हमारे दृष्टिकोण से भिन्न एक अलग दृष्टिकोण भी देते हैं, जो अक्सर हमें आगे बढ़ने में मदद करता है। दोस्तों की वजह से स्कूली जीवन आसान लगता है और ज़िंदगी ज़्यादा मज़ेदार बन जाती है। आपकी उम्र में दोस्त लगभग परिवार की तरह ही महत्त्वपूर्ण होते हैं और आपके व्यक्तित्व के विकास में उतना ही योगदान देते हैं। दोस्तों का साथ और सहारा वास्तव में किसी वरदान से कम नहीं है। हालाँकि, आप समय-समय पर दोस्ती से जुड़ी कुछ परेशानियों का भी सामना कर सकते हैं और उनके कारण आपकी चिंताएँ बढ़ सकती हैं। आइए बात करते हैं उन मुश्किलों और उन पर काबू पाने के तरीकों के बारे में:

अकेलापन

कभी-कभी, आप दोस्त बनाने में असमर्थ होते हैं। यह इसलिए हो सकता है क्योंकि आप शर्मीले हैं या बस इसलिए कि आपके दोस्त किसी अलग

स्कूल या कक्षा में चले हैं या उनका स्वभाव बदल गया है। मित्रहीन होना एक अकेला और दु:खद अनुभव हो सकता है, हालांकि आप कुछ नये दोस्त बनाकर इसे बदल भी सकते हैं। आप नयी दोस्ती शुरू करने के लिए निम्नलिखित युक्तियों को ध्यान में रख सकते हैं:

- अन्य अच्छे साथियों से बातचीत और जान पहचान बढ़ाने की कोशिश करें। किसी समूह के मुकाबले एक अकेले व्यक्ति से बात करना, अधिक आसान है। दूसरा व्यक्ति भी आपकी भावनाएँ इसलिए समझ सकता है क्योंकि वह भी अकेला है।
- खेल, वाद-विवाद, नाटक आदि जैसी पाठ्येतर गतिविधियों में भाग लें। यहाँ आपको ऐसे लोग मिल सकते हैं, जो आपके समान शौक रखते हैं। और यह विशेष रूप से दोस्त बनाने का एक शानदार अवसर है, क्योंकि आप एक-दूसरे के साथ मजेदार गतिविधियाँ करते हुए अधिक समय बिताते हैं।
- जैसे आप हैं वैसे ही रहें। हर किसी में बहुत सारे अच्छे गुण होते हैं। ऐसे बहुत से लोग हैं जो आपका साथ पसंद करेंगे। झूठ न बोलना या नये दोस्त पाने के लिए, कोई नाटक न करना सबसे अच्छा है। जब आप किसी के दोस्त बन जाते हैं, तो अंततः झूठ का वह मुखौटा टूट ही जाएगा, भांडा फूट ही जाएगा, इसलिए शुरुआत से ही संबंधों में ईमानदारी रखना बेहतर है।
- उन लोगों से अपनी भावनाएँ या समस्याएँ व्यक्त करें, जिनसे आप आमतौर पर बात करते हैं। वे आपको बेहतर समझ सकते हैं। जब आप अपने बारे में बात करते हैं और लोगों से उनके जीवन के बारे में सवाल पूछते हैं, तो आपको उनमें अपने जैसी अधिक समानताएँ मिल सकती हैं और आप एक-दूसरे के करीब आ सकते हैं।

- मुस्कुराएँ और एक सरल व्यक्ति की तरह बर्ताव करें। अगर आपके बस में है, तो लोगों की अधिक से अधिक मदद करें। जिस तरह का दोस्त आप चाहते हैं, वैसा ही खुद भी बनने की कोशिश करें। इससे दूसरे लोग भी आपसे दोस्ती करना चाहेंगे।

कुछ कारणों से, कुछ लोगों के लिए स्कूल कभी-कभी एक क्रूर जगह-सी लगती है। हो सकता है कि अनजाने में आपने कुछ कहा हो या किया हो जो बुरा हो। आपकी किसी गलती के लिए, आपके दोस्त भी आपको अनदेखा करना शुरू कर सकते हैं और अचानक आप अकेले रह जाते हैं। अपने दोस्तों से अलग रहना आपके लिए निराशाजनक हो सकता है। लेकिन उदासी में खुद को खोना ठीक नहीं है। स्थिति को सँभालने की कोशिश करें। ऐसे में खुलकर बातचीत करना सबसे हितकर है।

अगर आपको पता नहीं कि आपके दोस्तों को आपका कौन-सा व्यवहार परेशान कर रहा है? तो उनसे खुद ही पूछें कि आपके किस व्यवहार ने उन्हें परेशान किया। पूरी ईमानदारी से उन्हें बताएँ कि आप अपनी त्रुटि को ठीक करना चाहते हैं और फिर से बेहतर दोस्त बनना चाहते हैं। यदि आप जानते हैं कि वे आपकी किस बात से नाराज़ या परेशान थे, तो उसका विश्लेषण करें कि क्या यह वास्तव में आपकी ही गलती थी? अगर ऐसा था, तो उनसे खुले दिल से क्षमा मांगें और इसे ठीक करने के लिए जो कुछ भी कर सकते हैं, वैसा करें। क्या आपने किसी की निजी संपत्ति को भी नुकसान पहुँचाया? उसे बदल दें। क्या आपने किसी के बारे में अफवाह फैलाई थी? तो बात साफ़ करें। क्या आपने किसी से असभ्यतापूर्ण व्यवहार किया? तो उससे माफी मांग लीजिए। यदि किसी मामले में आपकी गलती नहीं थी, तो उनको अपना दृष्टिकोण शांति तथा बिना उत्तेजना के समझाएँ। दूसरों को भी अपनी बात समझाने का मौका दें। संभव हो तो किसी समझौते पर पहुँचने की कोशिश करें।

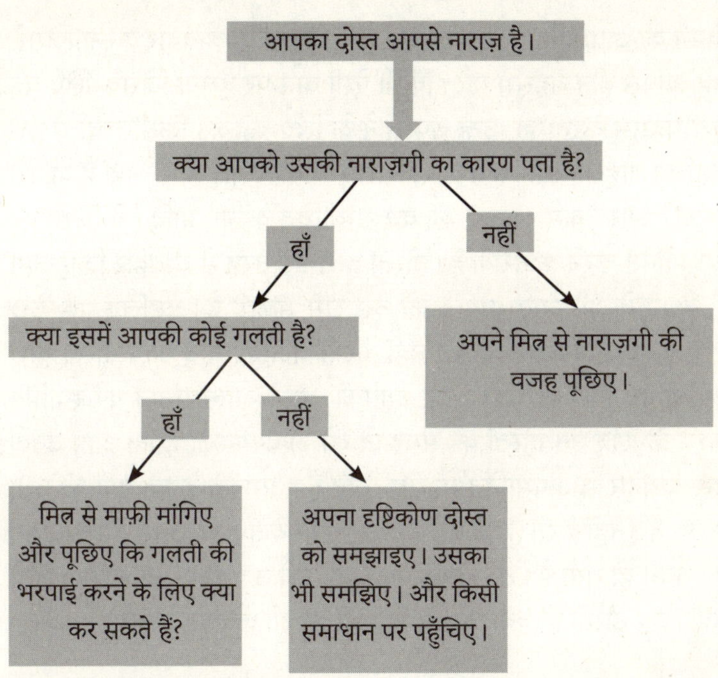

दोष का कारण

दोस्ती में अगर आपमें से कोई खुद को बेहतर महसूस करता है, तो यह दोस्ती आगे जाकर जटिल हो सकती है। जो ऐसा महसूस करता है, वह अक्सर दूसरे को कमियों और गलतियों का दोषी ठहरा सकता है और अपमानित कर सकता है। जब कोई आपको दोष देता है, तो वह आपकी कमियाँ निकालता है या आप पर उंगली उठाता है। बहुत बार ऐसा भी हो सकता है कि दोष किसी ऐसी चीज़ के लिए हो जो आपकी गलती हो ही न। जैसे, "हम आज पढ़ाई इसलिए खत्म नहीं कर पाए क्योंकि तुमने प्रश्न पूछने में समय गँवा दिया।" या छोटी-छोटी बातों के लिए, "तुम हमेशा उस लड़की या लड़के से बात क्यों करते हो? तुम्हें पता है मुझे यह पसंद नहीं है।"

किसी को अपमानित करने का मतलब है, इस तरह व्यवहार करना जिससे वह आपसे हीन महसूस करे। किसी ऐसी बात पर हँसना जिसके लिए वह बुरा महसूस करता हो, उन्हें चुप रहने के लिए कहना। किसी चर्चा से उसे इसलिए बाहर करना कि वह उसके लिए "पर्याप्त बुद्धिमान" नहीं है या उसे "मूर्ख" और "कम अक्ल" कहकर सम्बोधित करना आदि। ये किसी को अपमानित करने के तरीके हैं। दोस्तों द्वारा इस तरह से व्यवहार किए जाने से किसी के भी आत्मसम्मान को ठेस लग सकती है। इसलिए यह कुछ ऐसा है, जिसे आपको बर्दाश्त नहीं करना चाहिए। यदि आप दोस्तों द्वारा अपमानित किए जा रहे हैं, तो आपको अपने आत्मसम्मान को स्थापित करने के लिए उन दोस्तों को समझाने की आवश्यकता है कि आप उनके इस व्यवहार से अपमानित महसूस करते हैं। अगर वे इसके बाद भी ऐसा करना बंद नहीं करते हैं, तो यह इस बात का संकेत है कि उनसे दोस्ती तोड़ने का वक़्त हो गया है। दोस्तों को एक-दूसरे को ऊपर खींचना चाहिए, नीचे नहीं। वह दोस्ती ही क्या जो आपकी भावनाओं की कद्र न करे।

लड़ाई-झगड़े

यदि आप अपने दोस्तों से या आपके दोस्त आपसे समय-समय पर लड़ते हैं, तो आप तनाव का अनुभव कर सकते हैं। यह समझना महत्त्वपूर्ण है कि उन लड़ाइयों की वजह क्या है और उन्हें कैसे हल किया जाए। इसे ध्यान से समझिए।

मतभेद

क्या आप दोनों के अलग-अलग दृष्टिकोण हैं? क्या आप दोनों किसी बहस में जीतने के लिए प्रतिस्पर्धा करते हैं? आपको अपनी राय ज़ाहिर करने और उसे खुलकर जताने के बारे में सोचना चाहिए। लेकिन साथ ही अपने दोस्त की राय का सम्मान करना भी सीखना बहुत आवश्यक है।

ऐक्टिविटी-9

अपने दोस्त के साथ किसी बहस का अभ्यास करें। किसी आसान विषय से शुरुआत करें। जैसे आप दोनों का मनपसंद कलाकार या फिल्म। दोनों सम्मानजनक रूप से अपना पक्ष सामने रखें। एक दूसरे की राय से क्यों असहमत हैं, ये भी व्यक्त करें। अपनी बात कह लेने और दोस्त की समझ लेने के बाद असहमति में सहमत होने के बारे में सोचें। इसका मतलब यह कि आप जिस बात को पसंद करते हैं उसे जारी रखते हुए अपने मित्र की पसंद का सम्मान करना सीखें। अगली बार थोड़ा और पेचीदा विषय चुनें।

क्रोध

ऐसा हो सकता है कि आप दोनों में से कोई भी बहुत आसानी से नाराज़ हो कर, जाने-अनजाने में एक दूसरे को चोट पहुँचाता हो। यदि ऐसा है, तो मुखरता से बात करना सबसे अच्छा है जैसे हमने पहले समझा है :

जब आपका दोस्त नाराज़ हो रहा हो तो अपनी तरफ से, अपने दोस्त को यह बताने की कोशिश करें:

तुम अक्सर छोटी बातों पर नाराज़ हो जाते हो। मैं समझता हूँ कि हमारा अपनी भावनाओं पर कोई नियंत्रण नहीं होता। पर जब तुम मुझ पर चिल्लाते हो, तो मैं अपमानित महसूस करता हूँ। मुझे अच्छा लगेगा अगर आगे से तुम अपने गुस्से पर व्यवहारिक रूप से नियंत्रण कर सको।

तुम्हें
अभी चुप होकर
एक जगह बैठ जाना चाहिए।
तुम क्रोध में हो। बेहतर होगा कि
हम अभी इस बारे में बात करना
बंद कर दें।

फिर अपने दोस्त से तब तक दूरी बनाये रखें, जब तक कि वह शांत न हो जाए। जब आप में से कोई भी गुस्से में हो तो बात न करें। क्योंकि क्रोधित व्यक्ति के साथ बातचीत कभी भी मददगार नहीं होती है।

नयी दोस्ती

कभी-कभी लोग बिना कारण कुछ समय के लिए दूर हो जाते हैं। हो सकता है कि आपके दोस्त ने कुछ नये दोस्त बनाए हों और वह आपके लिए उतना समय निकाल न पा रहा हो, जितना पहले निकालता था। एक बार फिर, इसे ईमानदारी से और सीधे तरीके से व्यक्त करना सबसे अच्छा है।

झूठ

यदि आप में से कोई भी बिना कारण, केवल यूँ ही झूठ बोलता होगा, तो यह भी कभी न कभी झगड़े का कारण बन सकता है। कुछ लोगों को बस सच छिपाने की आदत हो जाती है। उन्हें आदत हो जाती है, अनावश्यक रूप से झूठ बोलने की, यहाँ तक कि दोस्तों से भी। जब उनके झूठ का भांडा फूट जाता है, तो उसे लेकर गंभीर झंझट हो सकता है। झूठ बोलने वाले और झूठ सहने वाले दोनों ही लोगों को अपनी खुद की कमियों और दूसरे कारणों को समझना चाहिए।

अभ्यास- 12

निम्नलिखित प्रश्नों के उत्तर दें:

अ) यदि आप दोस्तों से झूठ बोलते हैं तो:

1. आपने अपने दोस्त से झूठ क्यों बोलना चाहा? ---------------

----

2. क्या वह व्यक्ति वास्तव में आपका मित्र है, जिससे आप सच कहना भी ठीक नहीं समझे? ------------------------------------

----

----

3. आप किसी बात से डरते हैं? जो आपको झूठ बोलना पड़ा? -------

----

4. आपको कैसा लगता है, जब कोई आपसे झूठ बोलता है? ------

आ) यदि आपके दोस्त ने आपसे झूठ बोला है तो:

1. आपको क्या लगता है, आपके दोस्त ने आपसे झूठ क्यों बोला होगा?

2. क्या आपके दोस्त ने आपसे कभी कोई निजी बात बताई और आपने सही से व्यवहार नहीं किया या उसकी बात को समझे बिना कोई प्रतिक्रिया दी?---
----

----

3. क्या आप अपने दोस्तों का हमेशा साथ देते हैं?---------------
----

----

4. क्या आपने अपने दोस्त को यह बताया है कि उसके झूठ बोलने से आपके बीच के विश्वास और दोस्ती दोनों को क्षति पहुँच रही है?

नाटकीयता:

प्रत्येक स्कूल में हर दिन बहुत-सी नाटकबाज़ी भी होती है, जैसे किसी का किसी के प्रति एक तरफा आकर्षण होना, कोई अफवाह फैल जाना, किसी का झूठ बोलना, लड़ाई-झगड़े, चलते-फिरते किसी पर टिप्पणी करने के कारण कोई बवाल इत्यादि। वे हमारे दोस्त ही हैं, जो हमारे लिए स्थितियों को शांत और सामान्य बनाये रखते हैं। लेकिन अगर हमारे दोस्त ही हमारी ज़िन्दगी में अनावश्यक नाटकीयता का कारण बन जायें, तो वह बहुत थकाऊ और निराशाजनक हो सकता है। हो सकता है कि आपका दोस्त बहुत भावनात्मक व्यक्ति हो या उसे बात-बात पर गुस्सा भी आता हो। ऐसे लोग अक्सर इस तरह का व्यवहार करते हैं, जिससे एक नाटकीय

माहौल पैदा होता है और सबका ध्यान उस तरफ चला जाता है। हो सकता है कि वह सहपाठियों के साथ लगातार झगड़े करें और आपको अपना पक्ष लेने के लिए मजबूर करें। कभी हो सकता है कि कोई परेशानी वाली बात आपको बताकर उसे अपने परिवार से गुप्त रखने के लिए दबाव बनाएँ।

उनके नाटकीय व्यवहार से आपको ऐसा महसूस हो सकता है कि आप अनावश्यक रूप से उनके बहकावे में आ गए हैं। यहाँ अपने हक़ की बात मुखरता से रखना आवश्यक है। आपको अपने दोस्त से कहना चाहिए कि आप उनकी भावनाओं का सम्मान करते हैं, लेकिन उन्हें अपनी भावनाओं पर काबू की भी आवश्यकता है और उन्हें आपको अपनी लड़ाई में शामिल नहीं करना चाहिए। कक्षा में शांतिपूर्ण वातावरण आपका अधिकार है और इसके लिए यदि नाटकीय लोगों से दूर रहना पड़े तो आपको उससे भी नहीं झिझकना चाहिए। उन लोगों से दूरी अवश्य बनाएँ जो आपकी मानसिक शांति को भंग करते हैं।

दोस्ती टूट जाना

कभी-कभी दोस्ती टूट जाती है या तो उन झगड़ों के कारण जिन्हें हल नहीं किया जा सकता या नियंत्रण से परे परिस्थितियों के कारण जैसे कि किसी अलग शहर में माता पिता का स्थानांतरण। सबसे पहले मतभेदों को खुल कर हल करने की कोशिश करना सबसे अच्छा है। अगर ऐसा नहीं हो सकता है तो उस रिश्ते को छोड़ देने में ही समझदारी है। अपने पूर्व मित्र के बारे में अन्य लोगों से नकारात्मक बात न करना समझदारी होगी। वह सिर्फ यह दिखाता है कि आप अपनी दोस्ती का सम्मान नहीं करते हैं। अगर किसी नियंत्रण से परे ऐसी ही स्थिति के कारण आपकी दोस्ती टूटती है, तो आप अपने दोस्त के साथ संपर्क में रहने की कोशिश कर सकते हैं। इस बीच यह कोशिश करें कि कुछ दूसरे दोस्त भी बना लें। किसी भी तरह से, यह ध्यान रखना अच्छा है कि प्रत्येक मित्र हमें कुछ सिखाता है और अपने तरीके से हमारे जीवन में योगदान देता है।

विचार बिंदुः क्या आपका कोई ऐसा दोस्त याद है, जिससे आप आज संपर्क में न हों? आपने उनसे या उनके साथ दोस्ती से क्या सीखा है?

आपके मितु कौन

कुछ दोस्त ऐसे होते हैं जिनके साथ हमारा प्यार और घृणा दोनों का रिश्ता होता है। हम उनके साथ नहीं रह सकते और उनके बिना नहीं भी रह सकते। ये कुछ संकेत हैं कि आपका मित्र ही आपका शत्रु भी है। ऐसे दोस्तों को आप मज़े में मितु (फ्रेनिमी) भी कह सकते हैं। ये नये ज़माने का नया शब्द है!

- मितु या तो आपका अपमान करते हैं या खुले आम कहते हैं कि आपकी सलाह की परवाह नहीं करते हैं।
- मितु आपको नियंत्रित करने और आपसे उन कार्यों को कराने की कोशिश कर सकते हैं, जो आप नहीं करना चाहते।
- मितु आपकी भावनाओं और दृष्टिकोण की सरासर और लगातार जानते बूझते अनदेखी करते हैं।

- मित्लु की दोस्ती उनकी अपनी सुविधा अनुसार होती है। वे नियमित रूप से आपसे कुछ न कुछ उम्मीद करते हैं, लेकिन जब आपको उनकी आवश्यकता हो तो अनुपलब्ध हो जाते हैं।
- मित्लु आपको चर्चाओं या योजनाओं या जन्मदिन की पार्टियों में अक्सर सम्मिलित नहीं करते।
- मित्लु के आसपास आप ख़ुश या सहज महसूस नहीं करते हैं।

यदि आपके किसी मित्र में इनमें से कोई भी संकेत है, तो यह एक विषाक्त या एक हानिकारक दोस्ती हो सकती है, जो अधिक नुकसान कर सकती है। ऐसे दोस्त के साथ थोड़ी दूरी बना लेना सबसे अच्छा है। आपको पूरी तरह से उन्हें अपनी ज़िन्दगी से काटने की जरूरत नहीं है। बस कोशिश करें कि आप दूसरे दोस्त बनाएँ और उनके साथ ही ज्यादा से ज्यादा समय बिताएँ। बुरी दोस्ती आपको झकझोर सकती है और आपको चिंतित छोड़ सकती है। उन दोस्तों पर ध्यान देना सबसे अच्छा है जिनके साथ आप शान्ति और आराम से रह सकते हैं। वे ही हैं जो वास्तव में जीवन की चिंताओं से निपटने में आपकी सबसे बड़ी सहायता करते हैं। मित्लु किसी के नहीं होते और अंततः अकेले ही रह जाते हैं।

गपशप

गपशप स्कूल का अभिन्न अंग है। यह कानाफूसी के चक्र की तरह है। एक व्यक्ति दूसरे से कुछ कहता है, दूसरा तीसरे से और इसी तरह आगे भी चक्र चलता रहता है। प्रत्येक स्तर पर, जो कहा जाता है, वह बिगड़ता जाता है। अंत तक आते-आते बात का बतंगड़ बन जाता है। किशोर एक दूसरे के परिवारों, दोस्तों और यहाँ तक कि जीवन शैली के बारे में भी गपशप करते हैं। अनजाने में या जानबूझकर, हर कोई इसका हिस्सा बन जाता है। यह याद रखना जरूरी है कि गपशप नुकसानदेह हो सकती है। जो हमारे लिए मज़ाकिया और मनोरंजक है, वह किसी दूसरे के लिए शर्मनाक और

दर्दनाक हो सकता है। किसी की गैरमौजूदगी में उनकी निजी जिंदगी का मज़ाक उड़ाना या चर्चा करना अथवा चर्चा का हिस्सा होना भी ठीक नहीं है। किसी की पीठ के पीछे बात करना गपशप होता है, खासकर इसलिए क्योंकि वे अपने दृष्टिकोण को आगे रखने के लिए वहाँ नहीं हैं। याद रखिए गपशप की आदत किसी का व्यक्तित्व सँवारती नहीं है।

विचार बिंदु: स्कूल में सुनी हुई सबसे गंभीर अफवाह के बारे में सोचें। यदि वह सच हुई तो? यदि वह झूठ हुई तो? जिसके बारे में वह अफवाह थी, उसे ये सुन कर कैसा लगा होगा? यदि आपके बारे में ऐसा कुछ कहा जाता तो आपको कैसा लगता?

यदि आप कभी गपशप का विषय रहे हैं, तो आप जानते हैं कि उससे कैसा लगता है? कोई भी अफवाह जल्दी फैल सकती है और उसे दूर करना आसान नहीं है। इसलिए, उसे अपने आप खत्म होने देना सबसे अच्छा हो सकता है। जब गपशप की बात आती है तो लोगों का ध्यान ज़्यादा देर नहीं टिकता। जल्द ही, वे किसी और के बारे में गपशप करने लगेंगे। यदि आप जानते हैं कि अफवाह किसने शुरू की थी, तो आप उनका मुकाबला कर सकते हैं और उन्हें बता सकते हैं कि आप जानते हैं कि यह सब उन्होंने ही किया था और यह बिलकुल सही नहीं है कि आपके बारे में उन्होंने ऐसी बातें कहीं। अपने दोस्तों से चर्चा करें और आश्वस्त रहें कि वह अफवाह जल्द ही हवा हो जाएगी।

हमें अपने दोस्तों के साथ कई कठिनाइयों और चिंताओं का सामना करना पड़ता है। साथ ही उनसे मिलने वाला समर्थन और प्यार हमें अपने भविष्य के जीवन के लिए तैयार करता है। यह हमें सिखाता है कि चिंताजनक स्थितियों से कैसे निपटें और सबसे अच्छे दोस्तों को कैसे खोजें, जो आपको ऊपर उठाएँ और आगे बढ़ने में मदद करें।

अभ्यास - 13

अपने दोस्तों में आप कौन सी खूबियाँ पसंद करते हैं?

उनकी सूची बनाइए।

एक दोस्त के तौर पर आपकी कुछ खूबियाँ क्या हैं? क्या ऊपर की सूची की कोई बात है, जो आपमें नहीं है?

कुछ ऐसी घटनाओं के बारे में लिखें, जब आपने किसी से अच्छी दोस्ती निभायी हो।

कुछ ऐसी घटनाओं के बारे में लिखिए जब आपने दोस्त के रूप में कर्तव्य निभाने में गलतियाँ की हों। लेकिन उन्हें सही करने के लिए क्या आपने कुछ किया?

सात

आस-पास का असमंजस

हमारा परिवार और दोस्त ही हमारे सबसे निकट होते हैं और हमारी दिन-प्रतिदिन की जिंदगी को सर्वाधिक प्रभावित करते हैं। वे हमारे जीवन में आनंद के सबसे बड़े स्रोत होते हैं। साथ ही हमारी चिंताओं के सबसे बड़े कारण भी। फिर भी हमारे आस-पास और भी कई कारण हैं, जो जीवन में महत्त्वपूर्ण भूमिका निभाते हैं। ये परिस्थितियाँ या घटनाएँ एक से अधिक तरीकों से हमारी चिंताओं में अपना योगदान देती हैं और अक्सर हमें अनजान और असहाय छोड़ देती हैं। आइए, ऐसे ही कुछ चिंताजनक मुद्दों पर चर्चा करें, जो आपके आसपास के वातावरण में उत्पन्न हो जाते हैं। यह भी जानें कि हमें उनके बारे में क्या करना चाहिए।

बातचीत से घबराना

कम उम्र में सार्वजनिक बातचीत से झिझक बहुत आम बात है। बहुत से युवा अत्यधिक शर्मीले होते हैं और सामाजिक स्थितियों में मन को शांत रखना उनके लिए मुश्किल हो सकता है। हालांकि, जब वह चिंता इस सीमा

तक तीव्र हो जाती है कि कोई व्यक्ति खुद को कुछ गतिविधियों में भाग लेने में असमर्थ पाता है, तो उस पर तुरंत काबू किया जाना चाहिए। यदि आप सार्वजानिक बातचीत के दौरान तनाव का अनुभव करते हैं, तो आप निम्नलिखित स्थितियों से बचना चाह सकते हैं:

- पार्टियाँ और सभाओं में सम्मिलित होने से।
- कक्षा में सवालों का जवाब देने से।
- अकेले भोजन करने या किसी रेस्तरां में भोजन का ऑर्डर देने से।
- किसी अजनबी या किसी पदाधिकारी व्यक्ति से बातचीत से।
- स्कूल में प्रस्तुति देने से।
- अपनी कला के प्रदर्शन से।
- मंच पर बोलने, गाने या अभिनय करने से।
- किसी समूह में बोलने या अपने विचार व्यक्त करने में।

जब ऐसा होता है तब आप साँसों का तेज़ होना, दिल की धड़कन तेज़ होना, हाथ पैरों में सुइयाँ चुभने का या सनसनाहट जैसा अनुभव कर सकते हैं। आप नकारात्मक रूप से देखे जाने या अपनी शर्मिंदगी का मज़ाक उड़ाए जाने से डरा हुआ भी महसूस कर सकते हैं। ऐसी स्थितियों से बचना आपको सामान्य सुझाव प्रतीत हो सकता है। लेकिन बचने से चिंताएँ तब तक बढ़ती ही हैं, जब तक कि आप उनका प्रबंधन नहीं करते। इसे समझना और खुद को संभालना यदि आपको आ जाता है, तो आप खुद को बेहतर महसूस कर सकते हैं।

जो लोग ऊपर बताई गयी, सामाजिक स्थितियों की चिंता करते हैं, वे अपनी शारीरिक संवेदनाओं को शायद समझते ही नहीं। वह कह सकते हैं: "मेरा दिल बहुत तेज़ी से धड़क रहा है, इसलिए मुझे यहाँ से जाना होगा वरना मुझे बेहोशी आ सकती है!" ऐसे लोग भूल जाते हैं कि सामाजिक स्थितियों में

घबराना आम बात है। यदि आप इसे जान जाएँ तो आपको ऐसी भावनाओं से बहुत तेज़ी से राहत मिलेगी।

मेरा
दिल इसलिए
तेज़ धड़क रहा है क्योंकि मैं
अपने प्रदर्शन को लेकर आशंकित
हूँ। इसमें कोई अजीब बात नहीं।
अभी थोड़ी देर में सब ठीक हो
जाएगा।

चिंता आपका ध्यान उन नकारात्मक चीजों, परिणामों या स्थितियों पर ले जाती है, जो कभी वास्तविक और अधिकतर काल्पनिक होती हैं। “उस व्यक्ति ने उबासी ली है, इसका मतलब ये है कि मेरा भाषण पकाऊ है।” “मेरी टीचर मेरी बात सुनते हुए घड़ी देख रही थीं। वह मेरी बातों में दिलचस्पी नहीं ले रहीं थीं।” इस तरह की सोच की दो समस्याएँ होती हैं:

पहली, जब हम अन्य लोगों की प्रतिक्रियाओं पर तो ध्यान केंद्रित करते हैं, लेकिन जो हम कह रहे हैं, उस पर नहीं, तब हम चिंता में पड़ जाते हैं या अटक जाते हैं या विचार की स्पष्टता खो देते हैं। परिणामस्वरूप जब दूसरा व्यक्ति हमारी बात से प्रभावित नहीं होता है, तो हमें लगता है कि हम सही सोच रहे थे कि वे हमारी बात को पसंद नहीं करेंगे। दूसरा, हम सभी बोलने के दौरान गलतियाँ करते हैं। चाहे वह गलत उच्चारण हो या कुछ खास शब्दों को बोलते समय पर अटकना या हकलाना। लेकिन हम जिस किसी से भी बात कर रहे होते हैं, वह इस बारे में ज्यादा नहीं सोचता क्योंकि हम सभी ये बात अच्छी तरह समझते हैं कि ऐसा होना सामान्य बात है। लेकिन जो व्यक्ति ऐसी स्थिति के बारे में अधिक चिंता करता है, उसे लगता है कि इससे उसे बहुत नुकसान होगा। सोच की त्रुटियाँ सामाजिक चिंता में भी भूमिका निभाती हैं। आइए समझते हैं कि कैसे संतुलित विचारों के साथ-साथ सामाजिक स्थितियों में चिंता को कम किया जा सकता है।

विचार बिंदु: जब आप किसी को भाषण देते या सार्वजानिक रूप से बोलते हुए सुनें, तो गौर करें कि वो बोलते हुए कितनी बार अटकते हैं या गलतियाँ करते हैं। फिर सोचिए क्या इन त्रुटियों की वजह से आप उनको कम आँकते हैं? बहुत महान समझे जाने वाले लोग भी ऐसा करते हैं।

जैसे आप किसी और को इन छोटी गलतियों की वजह से कम नहीं समझते, ऐसे ही और भी लोग आपको कम नहीं मानेंगे।

सोच त्रुटि	अतार्किक विचार	संतुलित विचार
मैं, मैं और मैं	मेरी प्रस्तुति के दौरान मेरे सहपाठी ऊबे हुए लग रहे थे। इसका मतलब मैं एक अच्छा वक्ता नहीं हूँ।	मेरे सहपाठी अक्सर हर किसी के भाषण पर ऐसी ही प्रतिक्रिया देते हैं, तो ये मेरे बारे में नहीं है।

दिल है कि मानता नहीं	मुझे लगता है कि अगर मैंने कक्षा में अध्यापक से कोई सवाल पूछा तो मैं अटकने लगूँगा।	भले ही मुझे ऐसा लग रहा है कि मैं अटकने लगूँगा पर ऐसा ज़रूरी नहीं कि ये हो या पूरे समय हो।
आर या पार	इस समारोह में यदि हर कोई मेरी तरफ देख रहा है तो वह इसलिए क्योंकि मैं कुछ अजीब दिख रहा हूँ।	किसी भी समारोह में लोग एक दूसरे की तरफ देखते ही हैं। इसमें कोई असामान्य बात नहीं।
जय अनुमान	उस बैरे ने मेरा आर्डर लेते हुए एक हास्यपद टिप्पणी की। शायद वह मुझे मूर्ख समझ रहा था या मैं अजीब लग रहा होऊँगा।	मैं नहीं जानता कि वह मेरे बारे में क्या सोच रहा था और मैं मूर्ख हूँ ही नहीं। मैं उससे बेहतर हूँ, तभी तो वह मेरी सेवा में था।
संकट बड़ा विकट	स्कूल की सभा में यदि मैं सबके सामने बोलूँगा तो बेहोश हो सकता हूँ।	स्कूल की सभा में बोलने पर मैं घबरा अवश्य सकता हूँ, लेकिन मेरा बेहोश होना आवश्यक नहीं।
स्वामी अंतर्यामी	मैं परीक्षा में असफल हो जाऊँगा।	यदि मैं अच्छे से पढ़ाई करूँगा तो कोई कारण नहीं कि मैं परीक्षा में असफल हो जाऊँ।

अपना फैसला	मैं गायन प्रतियोगिता इसलिए नहीं जीत पाया क्योंकि मैं मंच पर घबरा जाता हूँ।	मुझे नहीं पता मैं प्रतियोगिता क्यों नहीं जीत पाया। यह इसलिए भी हो सकता है कि अन्य गायक मुझसे बेहतर थे।
एकतरफा सोच	किसी पदाधिकारी से बात करते हुए मुझे अटकना नहीं चाहिए।	कभी कभी सब अटकते हैं, फिर चाहे वे किसी से भी बात कर रहे हों।
उम्मीदों के पहाड़	मैं खेलकूद में अच्छा तो हूँ, पर ये कोई बड़ी बात नहीं। मुझे कला में भी निपुण होना ही चाहिए।	ये अच्छी बात है कि मैं खेलकूद में अच्छा हूँ। कला में भी मैं अधिक मेहनत कर सकता हूँ। लेकिन सबकी अलग खूबियाँ होती हैं। हरेक का हर क्षेत्र में श्रेष्ठ होना ज़रूरी नहीं।
खुद से खुंदक	मैं हमेशा किसी समारोह में जाने से पहले ही घबरा जाता हूँ। मैं एकदम नालायक हूँ।	हर एक व्यक्ति कभी न कभी नयी स्थितियों से घबराता ही है। मुझमें कुछ असामान्य नहीं।

आपको लग सकता है कि ऐसी स्थितियों से बचना आसान है। लेकिन ऐसा नहीं है। जब चिंता का ध्यान नहीं रखा जाता है, तो यह बढ़ जाती है और अन्य स्थितियों में फैल जाती है। इसलिए, यदि आप किसी स्थिति में अपनी चिंता पर काम नहीं करते हैं, तो यह धीरे-धीरे अन्य स्थितियों में भी सामान्य हो सकती है। उदाहरण के लिए, यदि आप किसी शादी में जाने से इसलिए

बचते हैं क्योंकि आप चिंतित महसूस कर रहे हैं, तो जल्द ही आप अपने घर पर आयोजित जन्मदिन की पार्टी से भी बचना चाह सकते हैं। यह सिर्फ इसलिए कि अगर हम किसी चीज़ से बचते हैं, तो हम उसके प्रति अधिक संवेदनशील हो जाते हैं। इसलिए, यहाँ समाधान यह है कि एक-एक करके प्रत्येक सामाजिक स्थिति का सामना करना शुरू करें।

अभ्यास- 14

क्या आप किसी प्रकार की स्थितियों में घबराते हैं?

उपरोक्त स्थितियों में खुद को बेहतर महसूस कराने के लिए क्या कर सकते हैं?

अभ्यास- 15

ऐसी सभी स्थितियों की सूची बनाएँ, जिनमें आप घबराते हों। अब इस सूची में सम्मिलित सबसे कम घबराहट पैदा करने वाली स्थिति से आरम्भ करके सबसे ज़्यादा घबराहट पैदा करने वाली स्थिति के क्रम में उनके अंक लिख लें। एक-एक करके कम से आरम्भ करते हुए अधिक घबराहट पैदा करने वाली स्थितियों का सामना करना शुरू करें।

शायद यह तरीका एक बार में काम न करे, लेकिन आप प्रयत्न करते रहें। परिस्थितियों का लगातार सामना करने पर घबराहट निस्संदेह कम होती जाएगी। यदि आप यह कार्य स्वयं नहीं कर पा रहे हैं, तो किसी क्लिनिकल मनोचिकित्सक से अवश्य संपर्क करें।

आलोचना

हम सभी को अपने परिवेश में आलोचनाओं और नकारात्मक टिप्पणियों का सामना करना पड़ता है। हमको अक्सर अपने ही परिवार के कुछ सदस्यों, अन्य रिश्तेदारों, दोस्तों, सहपाठियों या पड़ोसियों द्वारा किसी भी कारण से बदनाम किया जा सकता है। यह आलोचना हमारे आमने-सामने, हमारी पीठ के पीछे या यहाँ तक कि सोशल मीडिया पर भी नज़र आ सकती है। ऐसी आलोचना से निपटना, जो न तो निष्पक्ष है और न ही रचनात्मक है, वास्तव में हमें तनाव में डाल सकता है। इससे हमारे आत्मविश्वास को भारी ठेस पहुँचती है और हम निराश महसूस करते हैं। ऐसे में ध्यान रखें कि हम अन्य लोगों या परिस्थितियों को नहीं बदल सकते हैं, हम बस उनके प्रति अपनी प्रतिक्रियाओं को बदल सकते हैं।

विचार बिंदुः सर्दियों का मौसम आने पर क्या आप अपने गर्म कपड़े और रजाई बाहर निकालते हैं या केवल यह प्रार्थना करते हैं कि सर्दियाँ चली जाएँ? यही अनुचित विचार आने पर करना चाहिए- उनका सही तरह से मुकाबला।

इसी तरह, यदि कोई दोस्त अपने नये दोस्त से आपकी बुराई कर रहा है, तो आप उन्हें रोक नहीं सकते। लेकिन आप यह अवश्य याद रख सकते हैं कि आपकी तारीफ करने वाले और आलोचना करने वाले लोग संसार में हमेशा रहेंगे। जो आपके दोस्त हैं, वे आपसे इस बारे में बात किए बिना आपके बारे में कुछ भी सच नहीं मानेंगे, और जो आपके हितैषी नहीं हैं, उनसे आपके जीवन पर क्या फर्क पड़ता है? क्या फर्क पड़ता है कि वे आपके बारे में क्या सोचते हैं, है न? निस्संदेह हम ये सब नियंत्रित नहीं कर सकते कि कोई हमारे बारे में क्या सोचता है, तो फिर उससे परेशान क्या होना?

1. इस बात से इन्कार नहीं किया जा सकता कि आलोचना वास्तव में हमारे स्वाभिमान को ठेस पहुँचा सकती है। ख़ासतौर से यदि वह आलोचना हमारे परिवार के सदस्यों या दोस्तों द्वारा की गयी हो। ऐसे में, अपने लिए खड़ा होना और उस आलोचना से निपटना सबसे अच्छा होगा।

मेरा
दिल इसलिए
तेज़ धड़क रहा है क्योंकि मैं
अपने प्रदर्शन को लेकर आशंकित
हूँ। इसमें कोई अजीब बात नहीं।
अभी थोड़ी देर में सब ठीक हो
जाएगा।

जब
तुम इस तरह
मेरी बुराई करते हो तो
मैं झुँझलाहट और क्रोध
महसूस करता हूँ।

अगर
तुम्हारे पास मेरे
लिए कुछ अच्छा बोलने
को नहीं है, तो कुछ नहीं
कहना बेहतर है।

शायद
तुम्हे ऐसा लगता
हो कि आलोचना करके
तुम मेरी सहायता कर रहे
हो, लेकिन ये पूरी तरह
गलत है।

मुझे
यकीन है कि
इस तरह से कोई तुम्हारी
भी ऐसी आलोचना करे तो
तुम्हे भी ये अच्छा नहीं
लगेगा।

अब
मैं अपनी और
अधिक आलोचना
बर्दाश्त नहीं करूँगा।

मुझे
पता है कि आप
मेरी बुराई कर रहे हैं । मैं
चाहता हूँ कि आप ये करना,
जितना जल्दी हो सके तुरंत
बंद कर दें।

2. यदि यह वे लोग हैं जिन्हें आप मुश्किल से जानते हैं या बिल्कुल नहीं जानते हैं, तो आप उनकी टिप्पणियों को अनदेखा कर सकते हैं। हर कोई जो कुछ कहता है, उसे गंभीरता से लेने की बिल्कुल जरूरत नहीं है। आपकी तरफ से किसी भी तरह की प्रतिक्रिया न मिलने पर, उनकी रुचि जल्द ही ख़त्म हो जाएगी और वे आलोचना करने के लिए कोई और व्यक्ति ढूँढ लेंगे। यदि आप इन टिप्पणियों को अनदेखा नहीं कर सकते हैं, तो आपको उस व्यक्ति से सीधी बातचीत करनी चाहिए।

यदि यह आलोचना सोशल मीडिया पर हो रही है, तो उसका समाधान बेहद आसान है। ऐसे व्यक्ति को आप ब्लॉक या अनफ्रेंड कर दें, जो जान बूझ कर आपके बारे में हानिकारक बातें कहता है। इसके बाद आगे जाकर उनकी नकारात्मक टिप्पणियाँ या प्रतिक्रियाएँ मिटा दें। अगर आलोचना आपको खुद को सुधारने में मदद करने के लिए नहीं बल्कि आपके मनोबल को नीचे लाने के लिए है, तो आपको इसे सुनने या देखने की जरूरत नहीं है। हालांकि इसका एक दूसरा पहलू है।

3. यह मानना बिल्कुल सही नहीं कि जो भी आपकी आलोचना करता है, वह आपकी बुराई ही कर रहा है। आप सबकी तरह ही गलतियाँ करते हैं। और जो लोग आपकी परवाह करते हैं वे आपको इंगित करना चाहेंगे ताकि आप गलतियों से सीख सकें और आगे बढ़ सकें। उन्हें केवल इसलिए दूर न धकेलें क्योंकि आप अपने बारे में सिर्फ अच्छी बातें सुनना चाहते हैं। इससे आप आलोचना के प्रति ज्यादा संवेदनशील हो जाएँगे। और जीवन में, आपको अभी बहुत कुछ करना है और उस सफर में आप गलतियाँ भी करेंगे और आपकी आलोचना भी की जाएगी।

अभ्यास- 16

खुद को मिली कुछ आलोचनाओं की सूची बनाइए:

क्या वे आलोचनाएँ सही थीं? अगर हाँ तो आपने उससे क्या सीखा?

क्या आप उन आलोचनाओं के आधार पर खुद में कुछ बदलाव ला पाए?

कभी-कभी, बिना जाने कि आप ऐसा कर रहे हैं, आप भी लोगों को बुरा कह सकते हैं या कहते होंगे। आपको लग सकता है कि आप तो सिर्फ वही कह रहे हैं, जो सच है। यह उनके प्रति आपकी नकारात्मक भावनाओं के कारण भी हो सकती है कि आपको उनमें आलोचना के लायक बातें नज़र आ रही हों। भले ही उन्होंने वाकई कुछ बुरा किया ही न हो। किसी की आलोचना करने से आपकी या उनकी कोई मदद नहीं होती। याद रखिए, खुद के बजाय दूसरों पर ध्यान केंद्रित करना केवल एक व्यक्ति के रूप में आपकी प्रगति को रोकेगा।

तुलना

माता-पिता अक्सर अपने बच्चों की तुलना उनके साथियों या भाई-बहनों या पड़ोसियों के बच्चों से करने की गलती करते हैं। इस तरह की तुलना अनुचित तो होती ही है, साथ ही ये किसी के भी आत्मविश्वास में सेंध लगा सकती है। यदि आप दूसरों से अपनी निरंतर तुलना के बारे में चिंतित हैं, तो आपको लग सकता है:

- आप जो भी अच्छा करते हैं, उसकी सराहना नहीं की जा रही है।
- आपके अस्तित्व को नज़रअंदाज़ किया जा रहा है।
- आपकी असफलताओं और कमियों को गलत दृष्टिकोण से देखा जा रहा है।

कई बार माता-पिता ही नहीं बल्कि रिश्तेदार और पड़ोसी भी अपने बच्चों की तुलना आपसे करते हैं। वे एक ही समय में आपको अपमानित करते हुए, अपने आपको ऊँचा जताने की कोशिश करते हैं। माता-पिता और रिश्तेदारों को भी ये समझना चाहिए कि युवाओं की तुलना एक-दूसरे से करना अनुचित है। यह न केवल किसी के आत्मसम्मान को चोट

पहुँचाता है बल्कि साथियों को भी एक-दूसरे के खिलाफ खड़ा करता है। यह अस्वास्थ्यकर और अनावश्यक प्रतिस्पर्धा चिंता का एक प्रमुख स्रोत है। फिर भी जब वे ऐसा करते हैं, तो उन तुलनाओं का सामना करना आपकी जिम्मेदारी बन जाती है। दुर्भाग्य से, वे अकेले लोग नहीं हैं, जो आपको इस स्थिति में डालते हैं। दूसरों से सबसे चिंताजनक तुलना वह है जो आप स्वयं करते हैं। यह तब होता है जब आप अपने आसपास के लोगों को देखते हैं: आपके दोस्त, सहपाठी और पड़ोसी! तब आप सोचते हैं, "मेरे पास उसकी तरह बड़ी गाड़ी नहीं है।", "उसके मुझसे अधिक दोस्त हैं।", "काश मैं भी उसकी तरह लंबा होता!", "वह कभी पढ़ाई करता नहीं दिखता लेकिन हमेशा मुझसे बेहतर अंक प्राप्त करता है।" आजकल सोशल मीडिया भी ऐसी तुलना का एक प्रमुख स्रोत है। आप शारीरिक गुणों से लेकर लोकप्रियता से लेकर जीवन शैली तक हर चीज़ की तुलना करते हैं। यहाँ कुछ बिंदु दिए गए हैं जो आपको तुलना के मायाजाल से निकलने में मदद कर सकते हैं:

1. किसी से तुलना कभी हमें अपने बारे में अच्छा महसूस नहीं कराती। वह अक्सर ईर्ष्या, हीन भावना और चिंता से प्रेरित होती है। हम उन लोगों के साथ तुलना करते हैं, जो हमसे बेहतर हैं। इसलिए, यह किसी की ताकत के साथ अपनी कमजोरियों की तुलना करने जैसा है। अपनी कमजोरियों को उजागर करने पर कभी भी कोई प्रेरित महसूस नहीं करता। कमज़ोरियाँ अक्सर वास्तविक होने से अधिक काल्पनिक ही होती है। शायद आप इसलिए खुद को हीन महसूस करते हैं क्योंकि किसी को आपसे बेहतर अंक मिले हैं, लेकिन क्या आपके अंक वास्तव में खराब हैं या सिर्फ उनकी तुलना में ऐसा लगता है?

ऐसे लोग हमेशा रहेंगे जो आपसे बेहतर होंगे। अधिक पैसे वाले होंगे। अधिक लोकप्रिय होंगे। बेहतर दिखते होंगे या अधिक अंक प्राप्त करते

होंगे आदि। इसी तरह ऐसे लोग भी हैं जो इन मामलों में हमसे कम हैं। उनसे श्रेष्ठ महसूस करने का कोई मतलब नहीं है जैसे किसी से हीन महसूस करने का भी कोई मतलब नहीं है।

विचार बिंदु: क्या हम कभी भी हर श्रेणी में सबसे श्रेष्ठ हो सकते हैं? क्या हम किसी भी श्रेणी में दूसरों के मुकाबले सबसे नीचे हैं?

न आप सबसे ऊपर हैं, न सबसे नीचे। वास्तविकता में सभी, एक साथ हैं, कोई कहीं ऊपर, कहीं नीचे और कहीं बीच में है, लेकिन ये सब सदा नहीं चलता।

2. किन्ही भी दो लोगों की, यहाँ तक कि भाई-बहन या जुड़वा बच्चों की भी तुलना नहीं की जा सकती है। ऐसा इसलिए क्योंकि प्रत्येक व्यक्ति में अद्वितीय गुण होते हैं और अनगिनत कारण उन्हें बेहतर बनाने की भूमिका निभाते हैं। ये अनंत कारण कभी भी दो लोगों के लिए समान नहीं होते हैं। तो फिर उनकी तुलना क्यों? जब आप दूसरों पर ध्यान केंद्रित कर रहे होते हैं, तो वास्तव में खुद पर ध्यान केंद्रित नहीं कर रहे होते हैं। यदि आप किसी और की उपलब्धियों को देखते हैं, तो आपके पास अपने स्वयं के लक्ष्यों को पूरा करने का समय कैसे होगा?

एकमात्र व्यक्ति जिसकी आप वास्तव में खुद से तुलना कर सकते हैं वह आप स्वयं हैं। अगर आप ऐसा करते हैं तो आप अपनी ताकतों को बढ़ाएँगे और अपनी कमजोरियों पर काम करेंगे। खुद पर लगातार काम करने और खुद का बेहतर संस्करण बनने की कोशिश करने से ज्यादा जरूरी विकास के लिए कुछ भी नहीं है।

अभ्यास -17

पिछले एक साल में...

1. आपमें क्या-क्या बदलाव आये हैं?

----

2. इस बीच आपने कौन-सा कौशल सीखा?

----

3. इस बीच आपने किन परेशानियों का सामना किया है?

----

4. इस बीच आपकी क्या उपलब्धियाँ रही हैं?

----

5. क्या आपको लगता है कि आप पिछले साल की तुलना में अब एक बेहतर व्यक्ति हैं? अगर हाँ, तो कैसे?

सोशल मीडिया एक ऐसी जगह है, जहाँ बहुत सी तुलनाएँ होती हैं। लेकिन यह जानना जरूरी है कि वहाँ आप जो कुछ भी देखते हैं, यह वह है जो व्यक्ति दुनिया के साथ साझा करना चाहता है। ज्यादातर लोग सोशल मीडिया पर अपनी कमजोरियों को साझा करने में सहज नहीं होते हैं। इसलिए वे अनिवार्य रूप से अपना सबसे बेहतर पक्ष ही साझा करते हैं। तब आप असुरक्षित महसूस करते हैं क्योंकि आप उसकी तुलना अपनी खामियों से कर रहे हैं, जो उनमें भी बहुत हैं, बस वे इसे सोशल मीडिया पर साझा नहीं कर रहे हैं।

विचार बिंदुः सोशल मीडिया के अपने अकाउंट को ध्यान से देखिए। एक अजनबी के दृष्टिकोण से उनका विश्लेषण करने की कोशिश कीजिए। अपने ही द्वारा लिखी और शेयर की हुई बातों, चित्रों तथा यात्रा किये हुए स्थान देखकर, किसी के दिमाग में क्या आएगा? संभव है वे लोग यह सब देखके प्रभावित होंगे। ठीक उसी तरह जैसे आप भी किसी का जीवन दूर से देखकर प्रभावित होते हैं।

पारिवारिक कलह

माता-पिता भी इंसान ही तो हैं। इसलिए कमियाँ उनमें भी हैं। समय-समय पर वे आपस में बहस या लड़ाई-झगड़ा कर सकते हैं। कभी-कभी, यह सिर्फ इसलिए होता है क्योंकि वे थके या किसी बात से झुँझलाये हुए या यूँही खराब मूड में होते हैं। ऐसा इसलिए हो सकता है, उनमें से एक व्यक्ति दूसरे व्यक्ति के व्यवहार से परेशान होता है। जो लोग एक-दूसरे से प्यार करते हैं, उनके लिए एक-दूसरे के साथ लड़ाई करना सामान्य बात है लेकिन अगर यह लगातार हो रहा है, तो यह परिवार के सभी सदस्यों, खासकर बच्चों के लिए चिंता और तनाव का एक स्रोत हो सकता है। जब माता-पिता लड़ते हैं, तो बच्चों और युवाओं को डर लग सकता है किः

- अभी किसी बात पर उनमें से कोई उन्हें डाँटेगा या मार सकता है।
- उनके माता-पिता अब एक-दूसरे से प्यार नहीं करते।
- उनके माता-पिता का तलाक हो सकता है। तब उनका क्या होगा?
- उनके माता-पिता एक दूसरे को चोट पहुँचा सकते हैं।
- उनका परिवार टूट सकता है।
- कोई उनकी बात सुन सकता है और उनके परिवार में कलह के बारे में जान सकता है।

किशोरावस्था में माता पिता के बीच वैवाहिक कलह चिंता का एक प्रमुख स्रोत होता है। किसी को भी ऐसा पारिवारिक माहौल पसंद नहीं आता, जो विघटनकारी और ऐसा तनावपूर्ण हो। डर और तनाव के अलावा इस स्थिति से सिरदर्द, पेट दर्द, कांपना, साँस फूलना, बेचैनी जैसे शारीरिक लक्षण उभर सकते हैं। इस तरह की चिंता के दीर्घकालिक गंभीर परिणाम संभव हैं। इसलिए जरूरी है कि उनको किसी भी तरह से रोका जाए।

1. जहाँ लड़ाई या जबरदस्त बहस हो रही है, वहाँ से हट जाएँ। आपको इस तरह की आक्रामकता नहीं देखनी चाहिए। अपने कमरे में चले जाएँ या फिर लड़ाई शांत होने तक टहलने के लिए बाहर चले जाएँ। आप यह सुनिश्चित करने के लिए वहाँ रहना चाह सकते हैं कि कुछ भी बुरा न हो, लेकिन उस स्थिति में ऐसा कुछ भी नहीं है, जो आप कर सकते हैं। सबसे अच्छा है कि आप अपने आपको उस नकारात्मकता और आक्रामकता से बचाएँ।

2. पक्ष लेने या लड़ाई में मध्यस्थता करने के चक्कर में न पड़ें। कई बार माता-पिता कोशिश करते हैं कि बच्चे उनमें से किसी एक का पक्ष लें और तर्क में बराबर रूप से शामिल हों। आपको भी ऐसा लग सकता है कि आप समस्याओं को सुलझाने में माता पिता की मदद कर पाएँगे। लेकिन लोगों को गुस्सा आने पर कुछ समझ नहीं आता। जब वे शांत होते हैं तो उनसे संवाद करना सबसे अच्छा होता है। इसके अलावा, लड़ाई झगडे में किसी एक का पक्ष लेना दूसरे के साथ आपके रिश्ते को प्रभावित कर सकता है। साथ ही ज़रूरी नहीं कि आप बात को पूरी गहराई से जानते या समझते हों।

3. अच्छे मूड में होने पर उनसे बात करें। उन्हें बताएँ कि उनकी लड़ाई आपको कैसे प्रभावित करती है। आप सोच सकते हैं कि झगड़े की बात न करना और हर किसी का मन खराब न करना सबसे अच्छा है। लेकिन तब तक इंतजार करने का कोई मतलब नहीं है जब तक एक और लड़ाई नहीं हो जाती और फिर कोई वैसे भी सुनने और समझने की स्थिति में नहीं होता। इसलिए, साहस इकट्ठा करें और अपने मन की बात कहें।

मुझे पता है कि
समय-समय पर आप दोनों में
लड़ाई होना एक सामान्य बात है। लेकिन
जब आप दोनों एक दूसरे पे चीखते-चिल्लाते
हैं या गाली देते हैं, तो मुझे बहुत डर लगता है
और हमेशा घबराहट होती है। क्या आप कोशिश
कर सकते हैं कि आप थोड़ा शांत होके एक
दूसरे से अपनी बात कहें? यदि ऐसा होगा तो
मेरी बेचैनी, दुःख तथा चिंता खत्म हो
जाएगी।

4. यदि ये झगड़े कुछ ज़्यादा ही हो रहे हैं या उनसे किसी भी प्रकार का शारीरिक या संपत्ति का नुकसान हो रहा है या आप उनकी वजह से आप लगातार डर रहे हैं, तो किसी अन्य भरोसेमंद बड़े के साथ ये इस पर चर्चा करने में संकोच न करें, चाहे वो आपके शिक्षक, पड़ोसी या रिश्तेदार ही क्यों न हों।

आप स्थिति को कैसे भी संभालें, सदा याद रखें कि आपके माता-पिता के बीच कलह आपकी गलती नहीं है। ये उनकी ज़िम्मेदारी है कि वे आपको इस नकारात्मकता से बचाएँ और अगर वे इसमें सक्षम नहीं हैं, तो वे ही गलत कर रहे हैं या शायद उन्हें खुद ही मदद की जरूरत है। केवल एक बात निश्चित है कि आप इसके लिए दोषी नहीं हैं।

शोषण

शोषण तब होता है जब कोई नकारात्मक और अनुचित तरीके से आपका फायदा उठाता है। यौन शोषण दुर्व्यवहार का सबसे आम रूप है, जिसका सामना किशोरों को करना पड़ता है। यह चिंता का सबसे गंभीर कारण भी है। दुर्भाग्य से इसकी अधिक संभावना है कि यौन शोषण किसी अजनबी के बजाय, आपके ही किसी रिश्तेदार, पड़ोसी या परिवार के दोस्त द्वारा हो। यदि आप निश्चित नहीं हैं कि यह क्या है, तो आइए उन संकेतों को समझें जिनसे आप दुर्व्यवहार को पहचान सकते हैं:

- अपराधी (जो व्यक्ति शोषण करता है) हमेशा आपको किसी निजी या सुनसान जगह ले जाता है, जहाँ सिर्फ आप दोनों हों।
- वह यह बताता है कि जो हो रहा है या होने वाला है, वह आप दोनों का मजेदार और ख़ास सीक्रेट है।
- वह उस बातचीत या गतिविधि को किसी को न बताने के लिए उपहार या चॉकलेट के रूप में आपको भेंट देता है या फिर आपको गंभीर परिणाम भुगतने की धमकी देता है।
- वह आपके शरीर को उस तरह से छूता है और महसूस करता है जो आपको पसंद नहीं हैं या फिर वह आपको अपने शरीर के कुछ अंगों को छूने और महसूस करने के लिए कहता है।
- वह आपको जबरदस्ती चूमता है या गले लगाता है और आपको भी ऐसा करने के लिए कहता है।

यदि आपने उपरोक्त में से कोई भी अनुभव किया है, तो इसका मतलब है कि आप शोषण का अनुभव कर रहे हैं। अगर ऐसा हो रहा है तो यह सबसे गंभीर बात है। और आपको निम्नलिखित को समझने की आवश्यकता है:

1. दुर्भाग्य से, पूरे संसार में यौन शोषण बहुत आम है। अक्सर, इस तरह के दुर्व्यवहार के अपराधी वे लोग ही होते हैं जिन्हें हम बहुत करीब से जानते हैं। दुनिया में बीमार दिमाग वाले लोग भी हैं, ठीक वैसे ही जैसे अच्छे लोग हैं। ऐसी स्थितियों में हमें अपने लिए खड़े होने की जरूरत है। जब हमसे दुर्व्यवहार या हमारा शोषण किया जाता है। उसे अपने माता-पिता या देखभाल करने वालों के खुद ही समझने का इंतजार न करें क्योंकि हो सकता है कि वे समझ न पाएँ या कल्पना न कर पाएँ कि ऐसा कुछ हो रहा है।

2. आपको लग सकता है कि यह आपके किसी गलत काम या कुछ गलत कहने के कारण हो रहा होगा। लेकिन यह सच नहीं है। दुर्व्यवहार केवल अपराधी का दोष है। आप जो अपराधबोध महसूस कर रहे हैं, वह भी सामान्य है। लेकिन निश्चित रूप से गलत है। आपका अपराधबोध भी आपको इस बात को किसी से साझा न करने के लिए उकसाएगा लेकिन ऐसा करना केवल आपकी चिंताओं को बढ़ाएगा।

3. आप सोच सकते हैं कि अपने माता-पिता को यह बताना मुश्किल है, क्योंकि:

- यह आपके लिए लज्जाजनक है।
- आपको डर हो सकता है कि वे सोचेंगे कि इसमें आपकी गलती है।
- आपको डर हो सकता है कि एक बार उन्हें बताने के बाद वे आपकी स्वतंत्रता को कम कर देंगे।
- आपको डर हो सकता है कि कोई आप पर विश्वास नहीं करेगा।
- आपको डर हो सकता है कि अपराधी आपको नुकसान पहुँचाएगा, अगर आप उसके रहस्यों को खुलकर कह देंगे।

आपके लिए ये समझना आवश्यक है कि किसी और के व्यवहार के लिए आपको शर्मिंदा नहीं होना चाहिए। आपके माता-पिता हरगिज़ यह नहीं सोचेंगे कि इसमें आपकी गलती है। अगर वे ऐसा करते हैं, तो भी वे गलत हैं। आम तौर पर दुर्व्यवहार करने वाले लोग आकर्षक व्यक्तित्व वाले होते हैं और अपने सच्चे इरादों पर मुखौटा लगाते हुए घर-भर का विश्वास हासिल कर लेते हैं। लेकिन अगर आप सबको बता दें, तो उन्हें आप पर ही अधिक यकीन होगा। अगर वे ऐसा नहीं करते हैं, तो उन्हें फिर इस बारे में बताएँ। हार न मानें।

आपको जो भी डर हो, लेकिन एक बार जब आप अपने माता-पिता को बताएँगे तो आपको पता चलेगा कि उनमें से कई डर बेबुनियाद थे। यह सिर्फ आपकी चिंता थी जो इस तरह के विनाशकारी विचारों को ला रही थी। और यदि आपके डर कुछ हद तक सच हुए, तब भी जो आप इस वक़्त झेल रहे हैं, उससे बुरा क्या हो सकता है? आपकी चुप्पी से अपराधी को ही ताकत मिलेगी आपको नहीं। तो हिम्मत बटोरें और चुप्पी तोड़ें।

***

आठ
भीतर छिपे राक्षस

चिंता के खिलाफ सबसे बड़ी लड़ाई वही है जिसे हमें अपने मन में लड़ना है। हम सभी के पास कुछ असहयोगी विचार, भावनाएँ और व्यवहार होते हैं। जो चिंता पैदा करते हैं। उसे बनाए रखते हैं। इन बातों को महसूस करना, समझना और उनको स्वीकार करना बहुत मुश्किल है। यहाँ तक कि जब हम ऐसा करते हैं, ये विचार किसी दलदल की तरह लगते हैं। जितना ही आप उनसे बाहर आना चाहते हैं, आपको लगता है कि आप और अधिक गहराई में समाते जा रहे हैं। हमारे भीतर के राक्षसों से लड़ने के लिए हमें आत्म जागरूकता और सहनशीलता के कौशल की ज़रूरत पड़ती है। आइए अपनी कार्ययोजना के साथ-साथ उन समस्याओं पर भी बारीकी से नज़र डालें:

लत

लत (आदत) एक ऐसी समस्या है जिसमें आपको लगातार कुछ करने, पाने या सेवन करने की ज़िद-सी लग जाती है और उससे दूर होना बेहद मुश्किल

हो जाता है। ये लतें अनेक प्रकार की हो सकती हैं, जैसे शराब, नशीले पदार्थ, सट्टेबाज़ी या सोशल मीडिया। यहाँ हम ख़ास तौर से व्यवहारिक व्यसनों पर चर्चा करेंगे। इन व्यसनों में निम्नलिखित संकेत होते हैं:

1. प्रयास करने के बावजूद किसी तरह की आदत या व्यवहार को रोकने में असमर्थ होना।
2. उसी व्यवहार को हर रोज़ अधिक से अधिक समय देना।
3. उसी के बारे में सोचना, योजना बनाना और उसी में हर समय व्यस्त रहना।
4. उस व्यवहार में संलग्न न हो पाने में चिढ़ होना या परेशानी का अनुभव करना।
5. दोस्ती, सामजिक मेल-जोल, पढ़ाई-लिखाई में रुचि खत्म हो जाने के कारण पिछड़ना और अनेक शारीरिक या मानसिक स्वास्थ्य समस्याओं का शिकार हो जाना।

6. यह जानते हुए कि ये आदतें हानिकारक हैं, उनको रोकने में असमर्थ होना।

यदि इनमें से तीन या अधिक संकेत आपके भीतर हैं, तो आप संभवतः किसी न किसी लत (एडिक्शन) के आदी (अभ्यस्त) हो चुके हैं। आँकड़े बताते हैं कि 10 में से एक किशोर कम आयु में ही सोशल मीडिया या वीडियो गेम के आदी हो जाते हैं, हालांकि सोशल मीडिया का अत्यधिक उपयोग आम है, परन्तु यही अपने आप में एक बड़ी समस्या भी है। आँकड़े बताते हैं कि किशोर हर दिन करीब 180 बार अपने फोन को देखते हैं। तो, ऐसा क्या है जो कुछ लोगों को इन व्यवहारों का आदी बना देता है:

1. ये क्रियाएँ हमारे मन को रंग, चाल और गति से उत्तेजित करती हैं। वास्तविक दुनिया धीमी और सूक्ष्म होती है। सोशल मीडिया और वीडियो गेम की दुनिया हमारे भीतर एड्रेनैलिन नामक हॉर्मोन का संचार करके हमारे भीतर कुछ ऐसी उत्तेजना पैदा करती है, जिससे हमें इसकी लत लग जाती है।

2. सोशल मीडिया और वीडियो गेम को हमें उत्तेजित करने, ख़ुशी देने, जीत का अनुभव करने तथा उसकी गतिविधियों से ईनाम पाने की आभासी संतुष्टि के लिए बनाया गया है। इसीलिये आपकी सोशल मीडिया की "फीड" और आपके द्वारा खेले जाने वाले वीडियो गेम के स्तर लगभग अंतहीन हैं।

3. दोनों ही व्यवहार हमारे दिमाग में डोपामाइन नाम के हॉर्मोन को भी पैदा करते हैं। यह वो रसायन है, जो नशीली दवाओं के उपयोग से जुड़ा हुआ है। तो, ये सब एक ही तरह के नशे की लत का प्रभाव है। सोशल मीडिया हमें "लाइक" और टिप्पणियों का उत्साह देता है, जबकि वीडियो गेम हमें जीत और उत्तेजना का रोमांचक अनुभव प्रदान करता है।

4. ये दोनों ही हकीकत से बचने में हमारी मदद करते हैं। एक शर्मीला और शांत या यहाँ तक कि सामाजिक रूप से चिंतित व्यक्ति भी सोशल मीडिया पर खुला और लोकप्रिय बन सकता है। एक व्यक्ति जो वास्तविक जीवन में कमज़ोर महसूस करता है, वह वीडियो गेम खेलते समय शक्तिशाली और अजेय महसूस कर सकता है।

ये व्यवहार पूरी तरह बुरे नहीं हैं। हम इस तथ्य की उपेक्षा नहीं कर सकते कि ये हमें धैर्य या संयम पाने में सक्षम बनाते हैं। जबकि सोशल मीडिया हमें दोस्तों के साथ जुड़े रहने, सामाजीकरण और समय के साथ आगे बढ़ने में मदद करता है; इस प्रकार के खेलों के कई लाभ भी पाए गए हैं। वीडियो गेम को बुद्धिमानी बढ़ाने और युवाओं में ध्यान, एकाग्रता तथा दिमाग के कौशल को तेज़ करने में भी सक्षम पाया गया है। लेकिन हर चीज़ की तरह ये व्यवहार केवल तभी अच्छे होते हैं, जब नियंत्रित रूप से एक सीमा में किये जाएँ। हम सब जानते हैं कि किसी भी काम की अति कभी भी अच्छी नहीं होती। अति हमेशा क्षति पहुँचाती है।

विचार बिंदु: अपनी पसंदीदा मिठाई के बारे में सोचें। क्या होगा अगर किसी दिन आप पूरे समय केवल वही खाएँ और कुछ भी नहीं? क्या दिन के अंत तक आप उससे ऊब नहीं जाएँगे?

अच्छी चीज़ें तभी अच्छी रहती हैं अगर हम उनका प्रयोग संयम से करें।

लत से जूझना मुश्किल है, खासकर इसलिए क्योंकि यह हमें बहुत से स्तरों पर प्रभावित करती है। हमारा शरीर उन रसायनिक परिवर्तनों पर निर्भर हो जाता है, जो इसके साथ होते हैं, जबकि हमारा दिमाग उत्तेजना की मनोस्थिति पर एक तरह से निर्भर ही हो जाता है। ये कितना भी मुश्किल क्यों न हो, अगर आप एक ऐसे स्तर पर पहुँच गए हैं, जहाँ आपको यह एहसास हो गया है कि यह लत आपका नुकसान कर रही है, तो आपको इसे कम करने के लिए निम्नलिखित कदम उठाने की आवश्यकता है:

1. धीरे-धीरे इंटरनेट पर बिताए गए समय में कटौती करें। ऐसी कई ऐप हैं जो आपको ये बताएँगी कि दिन भर प्रत्येक सोशल मीडिया एप्लिकेशन पर आप कितना समय खर्च करते हैं। वीडियो गेम के मामले में भी, जब आप उसे शुरू करते हैं और जब समाप्त करते हैं, बस उसी समय को नोट कर लें। जब आप सोशल मीडिया या वीडियो गेम पर बिताए गए समय का आकलन कर लें, तो उसे धीरे-धीरे एक-दो घंटे कम करें। जब आप इन उत्तेजक गतिविधियों में लगे होते हैं, तो समय वास्तव में पंख लगा कर उड़ जाता है। इसकी बहुत कम संभावना है कि ऐसी आदत या लत को आप अपने दम पर नियंत्रित कर पाएँगे। इसलिए जब आप इन गतिविधियों को शुरू करते हैं, तो अपने फोन में 1-2 घंटे या निश्चित समय के लिए अलार्म लगा लें, जिसके बाद आप रुकना चाहते हों। उस अलार्म बजने के बाद फोन या वीडियो कंसोल को नीचे रख दें, चाहे आप खेल में कहीं भी हों। एक बार जब आप सफलतापूर्वक अपना समय थोड़ा कम कर लेते हैं, तो इसे और भी कम करने में निश्चित कामयाबी मिलती है।

वीडियो गेम केवल तभी फायदेमंद होता है, जब हम इसे 30 मिनट से एक घंटे तक खेलें। सोशल मीडिया पर आप इसलिए थोड़ा अधिक समय दे सकते हैं, क्योंकि वहाँ परिस्थितियाँ बदलती रह सकती हैं। नये लोग नयी गतिविधि करते रहते हैं। लेकिन आपको एक दिन में इसे देने के लिए अधिकतम समय तय करने की आवश्यकता है। यदि यह आपके नियंत्रण से बाहर हो रहा है, तो अपने बड़े भाई/बहन या माता-पिता या हॉस्टल में किसी भरोसेमंद मित्र से अनुरोध करें कि वह प्रत्येक दिन कुछ समय के लिए आपका फोन या वीडियो गेम ले लें। रात में अपना फोन बंद करें और उसे एक अलग कमरे में रखें। शोध बताते हैं कि रात के समय सोशल मीडिया उपयोग सबसे अधिक होता है। वह किसी की भी नींद को नकारात्मक रूप से प्रभावित करता है।

ऐक्टिविटी -10

अपने फ़ोन में कोई ऐसी एप्लीकेशन डाउनलोड करें जो आपको बताए कि आप सोशल मीडिया पर कितना समय व्यतीत कर रहे हैं। क्या वह समय जितना आप चाहते हैं, उतना ही है? यदि नहीं, तो यहाँ दिए गए तरीकों से अपना सोशल मीडिया उपयोग कम करने की कोशिश करें। वैसे तो प्रतिदिन आधा घंटे से ज़्यादा स्क्रीन टाइम हानिकारक माना जाता है, पर आप अपने हिसाब से देख लें कि आपको कितना समय इसे देना ठीक लगता है।

अनेक बार हमें यह समय महत्त्वपूर्ण कार्यों जैसे ऑनलाइन पढ़ाई पर खर्च करना होता है। जानते हैं उसे क्यों बुरा नहीं माना जाता? उसकी लत क्यों नहीं लगती? कुछ देर सोचिए!

वास्तव में ऑनलाइन पढ़ाई आभासी (वर्चुअल) या नकली नहीं, एक तरह से वास्तविक दुनिया में अलग-अलग स्थानों पर हो रही शैक्षिक गतिविधि है। इसका समय निश्चित होता है। यह निश्चित समय पर शुरू होकर, अपने आप ही बंद हो जाती है। ऑनलाइन पढ़ाई में आप खुद कितना कुछ आनंद ले रहे होते हैं? हमेशा सतर्क रहना होता है न? तो उसमें मज़ा आने के बजाय एक तरह से एकाग्र (फोकस्ड) रहने का अभ्यास ही होता है। ऑनलाइन पढ़ाई में शिक्षक दूर बैठकर आपको कुछ बता रहे होते हैं, उसे अक्सर हमें नोट करना होता है या उसका उत्तर देना होता है। ऑनलाइन पढ़ाई हमें खेल जैसी उत्तेजना या रोमांच नहीं देती। इसलिए उसकी आदत नहीं पड़ती।

2. यदि आप किसी प्रकार की लत से निपट रहे हैं, तो ऐसी कई गतिविधियाँ होंगी, जिन्हें आप अपनी लत के कारण अनदेखा कर रहे होंगे। बस उन लाभदायक गतिविधियों में अधिक शामिल होना शुरू करें, जिनसे आप दूर आ गए हैं। व्यक्तिगत रूप से अपने दोस्तों से मिलें, खेल-

कूद, चित्रकारी, संगीत या प्रकृति में अधिक समय बिताएँ, पुराने शौक तलाशें आदि। जितना हो सके वास्तविक दुनिया में बाहर निकलें।

3. आज हमें अंतर्निहित मुद्दों से भी निपटने की जरूरत है। क्या आप अपने अवसाद या चिंता से लड़ने के लिए इन व्यवहारों में संलग्न हैं? यदि आप स्वयं उन्हें नहीं समझ पा रहे हैं, तो किसी मेंटल हेल्थ विशेषज्ञ से मदद लें; अन्यथा अपने विचारों और भावनाओं को विस्तार से लिखें। ऐसा करने से आप धीरे-धीरे उन्हें एक दूसरे दृष्टिकोण से देख कर समझ पाएँगे। यदि आप एक दिनचर्या का पालन करते हैं और हर दिन आप अपने समय को काम (अध्ययन या घरेलू काम), अपनी दिनचर्या (नहाना, तैयार होना, सोना-खाना और घरेलू कार्यों में माता-पिता या बड़ों की सहायता करना), दोस्तों से बात करना या उनसे मिलना और अन्य सुखद गतिविधियों जैसे संगीत सुनना, घूमना तथा किताब पढ़ना आदि के बीच विभाजित करते हैं, तो उन्हें नियमित करने से आप बुरी आदतों के कुचक्र में नहीं फँसेंगे। रोजाना तीस मिनट के लिए कसरत करना भी बहुत मददगार साबित हो सकता है। हालांकि ये सभी चीजें आपको इस समय बहुत आसान-सी लग सकती हैं, लेकिन स्थिर मानसिक स्वास्थ्य के लिए इनसे ही सबसे अधिक मदद मिलती है।

4. विभिन्न लक्ष्यों को प्राप्त करने पर खुद को पुरस्कृत करें। वीडियो गेम का समय कम करने या टीवी स्क्रीन टाइम कम करने में सफलता पाने पर अपने माता-पिता से अपने पसंदीदा भोजन आदि का ऑर्डर करके खुद को पुरस्कृत करें। जब बात सोशल मीडिया की आती है, तो आप उसके बजाय दूसरी लाभकारी गतिविधियों को करने के इनाम के रूप में खुद को पुरस्कृत करके ऐसी लत को काबू में कर सकते हैं। अगर आप अपनी इच्छाओं पर काबू पाना सीख जाएँगे तो उससे आपको और मामलों में भी मदद मिलेगी। अपने फोन को दूर रखें

और खुद के लिए नियम बना लें कि आधे घंटे जम कर पढ़ाई करने के बाद ही आप अपना फोन उठा कर देख सकते हैं।

5. किसी सुअवसर को खो देने का डर एक ऐसी भावना है, जो इन व्यसनों या लत को बनाये रखने का प्रमुख कारक है। हो सकता है कि आपको सोशल मीडिया पर किसी पोस्ट या लाइव जैसी किसी सुविधा को खो देने का डर हो और उसी से आपको अधिक से अधिक समय उस गतिविधि पर वापस जाना पड़ता हो। आपको लग सकता है कि मेरे सभी साथी वीडियो गेम खेल रहे होंगे और अगर मैं नहीं खेलूंगा, तो उसमें मेरा अपमान या नुकसान है। अपने आपको याद दिलाएँ कि कोई हमेशा यूँ ही कुछ न कुछ अवसर गँवाता ही रहता है और यह सब बहुत सामान्य-सी बात है। खुद को समझाएँ कि एक ही समय पर सब कुछ कर पाना नामुमकिन है। यह एक निरंतर चलने वाले तथा एक असंभव लक्ष्य को पाने पर समय बर्बाद करना जैसा है, जिससे असली जीवन में मुझे कोई लाभ नहीं होने वाला।

विचार बिंदुः यदि आप अपने कमरे में कुछ अधिक जगह बनाना चाहेंगे तो क्या इसके लिए आप कमरे की दीवार को पीछे या दायें-बाएँ खिसकाएँगे या कुछ और करेंगे?

इसका मतलब यह है कि हमें जो कुछ करना या पाना है वह हम उतने ही समय में हासिल कर सकते हैं, जितना समय इस संसार में सबको मिला है!

आप अभी भी बढ़ रहे हैं और आपके मन और शरीर को बढ़ने और विकसित होने के लिए कई कार्यों में संलग्न होने की आवश्यकता है। अलग-अलग चीजों को करने का मतलब है, विभिन्न अनुभवों को प्राप्त करना और अलग-अलग परिदृश्यों से निपटने के लिए तैयार होना। ये

सभी अनुभव एक परिपक्व और स्थिर वयस्क के रूप में आपके विकास के लिए महत्त्वपूर्ण हैं।

देह छवि

आप अपने शरीर और रंग-रूप को जैसे भी देखते हैं और उसके बारे में जैसा महसूस करते हैं, वह एक अलग, विशेष और निजी भावना है। बहुत सारे युवा अपने शरीर की नकारात्मक छवि का सामना करते हैं, जहाँ उन्हें लगता है कि उनके शरीर में अनेक दोष हैं या वे छोटी-छोटी समस्याओं के लिए गंभीर रूप से चिंतित महसूस कर सकते हैं। औसत वज़न वाली एक युवा लड़की सोच सकती है कि वह मोटी है या छोटे तिल वाले युवा लड़के को ऐसा लग सकता है कि उसके पूरे चेहरे पर बदसूरत निशान हैं। ये मुद्दे आनुवांशिकी, पालन-पोषण या सुंदरता और चुस्ती के काल्पनिक मानकों के साथ-साथ अस्वस्थ विचारों के कारण उत्पन्न हो सकते हैं। लगभग हर कोई अपने रंग रूप के एक या एक से अधिक पहलुओं से असंतुष्ट है और इसे बदलना चाहता है। लेकिन यह असंतोष कई गुना बढ़ जाता है जब आप अपनी शारीरिक प्रतिमान पर इस हद तक ध्यान केंद्रित करते हैं कि आप पढ़ाई, सामाजीकरण और यहाँ तक कि अपनी दैनिक दिनचर्या की उपेक्षा करने लगते हैं। ऐसे में आपको क्या करना चाहिए, यह जानने के लिए आगे पढ़ें:

1. आपको ऐसा “लगता” है कि आपका शरीर या रूप अच्छा नहीं है। लेकिन हकीकत क्या है? क्या आपका बॉडी मास इंडेक्स (बीएमआई) सामान्य है, लेकिन आप खुद को मोटा महसूस करते हैं? क्या हर कोई आपको बताता है कि आपकी आँखें ठीक हैं, लेकिन आप अभी भी “अनुभव” करते हैं जैसे आप भैंगे (स्कुइन्ट) हैं? याद रखिए हमारी भावनाएँ बहुत शक्तिशाली होती हैं और तर्क की गति को धीमा कर देती हैं। अगर हम अपनी चिंताओं को दूर करना चाहते हैं, तो हमें

अपने तर्क को मजबूत करने की जरूरत होगी। हम ऐसा कैसे कर सकते हैं? तर्क के अनुसार कार्य करें, चिंता की भावनाओं से नहीं। इसका मतलब है कि यदि आप औसत वजन के हैं लेकिन फिर भी महसूस करते हैं कि आप मोटे हैं, तो सामान्य रूप से खाना जारी रखें और केवल संयम में व्यायाम करें। अपनी भावनाओं पर कार्रवाई न करें।

2. अपना समय दूसरों से तुलना करने में न बिताएँ। जिन जानी मानी हस्तियों से आप खुद की तुलना करते हैं, वे घंटों की कसरत, खाने में सख्त परहेज़, अच्छी खुराक, शृंगार, मँहगे कपड़ों और बनावटी तस्वीरों की की वजह से इस तरह दिखते हैं। इन सबके बिना, वे हमारे और आपके जैसे ही दिखते हैं। सोशल मीडिया पर भी नियमित रूप से लोग सौंदर्य फ़िल्टर और कैमरा के बेहतरीन एँगल और अच्छी रौशनी में ली गयी अपनी सबसे अच्छी तस्वीरें साझा करते हैं। इसलिए अपने आस-पास देखें और आप पाएँगे कि हर किसी के रंग रूप में आपकी तरह ही अच्छाईयाँ और कमियाँ हैं। कोई भी हर तरह से परफेक्ट नहीं है।

3. शरीर की छवि को लेकर हम सबमें बहुत असुरक्षा बनी रहती है क्योंकि हम "आदर्श शरीर" हासिल करने की कोशिश करते हैं। लेकिन यह है क्या? ये रूप-रंग आनुवांशिकी, आहार, शरीर के प्रकार, चयापचय, सोने के घंटों की संख्या, पोषण आदि पर निर्भर करता है। फिर हर किसी की शारीरिक बनावट का स्तर एक जैसा कैसे हो सकता है? यहाँ फिर से, एकमात्र व्यक्ति, जिससे आपको अपनी तुलना करने की आवश्यकता है, वह आप स्वयं हैं। आपको अपने आपसे पूछने की ज़रूरत है कि आप शारीरिक रूप से चुस्त, स्वस्थ और अध्ययन करने, खेल खेलने, शौक में शामिल होने और जो कुछ भी करने की ज़रूरत है, उसे करने के लिए पर्याप्त सक्रिय महसूस करते हैं या नहीं? यदि इन सवालों का जवाब हाँ है, तो आप ठीक हैं।

4. उन सभी गतिविधियों की एक सूची बनाएँ, जो आप अपनी शारीरिक छवि में रुचि के कारण करते हैं। क्या आप खुद को आईने में ही देखते रहते हैं या बार-बार सेल्फी लेते हैं, ताकि यह सुनिश्चित हो सके कि आप ठीक दिख रहे हैं? क्या आप यह सुनिश्चित करने के लिए कई बार कपड़े बदलते हैं कि आप कुछ ऐसा पहनें जो आपकी खामियों को छुपा दे? क्या आप खाना छोड़ देते हैं और दिन में कई बार अपना वजन देखते रहते हैं? क्या आप अत्यधिक व्यायाम कर रहे हैं? इन और इस जैसी अन्य गतिविधियों को नोट करें, जो आप इस तरह की चिंता में करते हैं कि आपका शरीर और रूप-रंग वैसा नहीं है, जैसा आप चाहते हैं। फिर इसे नंबर दें कि इन कार्यों में से कौन-सा व्यवहार नियंत्रित करना सबसे आसान होगा और कौन-सा सबसे कठिन होगा। सबसे आसान को नियंत्रित करके कठिन व्यवहार को नियंत्रित करने की कोशिश कीजिए।

5. आप सोच सकते हैं कि जब आप आदर्श शरीर के मालिक हो जाएँगे तो आप अपने शरीर को अधिक पसंद करेंगे। लेकिन इसके विपरीत करें। अपनी खामियों को वैसे ही स्वीकार करें, जैसे वे हैं और उनसे प्यार करना शुरू करें। स्वस्थ भोजन, मध्यम व्यायाम और पर्याप्त नींद लेकर अपने शरीर की इज़्ज़त करें। इसके बाद उन चीज़ों को बदलने का प्रयास करें, जो आपको पसंद नहीं हैं। अपने रंग रूप के बारे में नकारात्मक टिप्पणी करना बंद करें। अपनी क्षमताओं और योग्यताओं पर ध्यान दें। आपके शरीर और रूप-रंग के ऐसे कई गुण होंगे, जो आपको पसंद होंगे और जिन्हें अन्य लोगों द्वारा भी सराहा गया होगा। सकारात्मक चीजों को हल्के में लेना और वास्तविक या कथित नकारात्मक चीजों पर ध्यान केंद्रित करना हमारी चिंताओं का एक बड़ा स्रोत होता है। साथ ही, शारीरिक बनावट ही एकमात्र चीज़ नहीं है। आपके बारे में बहुत सारी अच्छी और प्यारी बातें होंगी। समय-समय पर खुद को उनकी याद दिलाएँ।

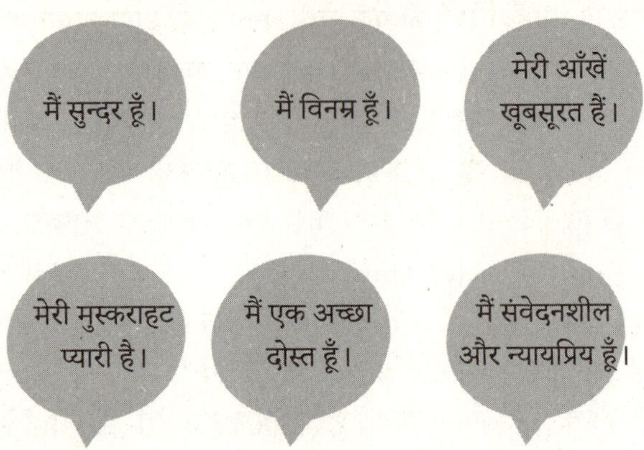

5. दिखावे से परे सोचिए। हर किसी के व्यक्तिगत और व्यवसायिक लक्ष्य होते हैं। हर किसी के मन में किसी ऐसे कौशल को सीखने की इच्छा है, जो वे एक दिन सीखना चाहते हैं। हरेक के मन में कुछ ऐसी रुचियाँ हैं, जिन्हे वे अपना समय देना चाहते हैं। अपना ध्यान इन सभी पर केंद्रित करें, भले ही शारीरिक छवि को लेकर आपके मन में किसी प्रकार की कोई असुरक्षा है, जो आपका ध्यान मांग रही है, इसके बावजूद ऐसी कई दूसरी चीजें भी तो हैं, जो आपके आत्म-सम्मान को बढ़ाने में योगदान देती हैं। एक उच्च आत्मसम्मान वाला व्यक्ति खुद को नकारात्मक रूप से आँकने में जल्दबाजी नहीं करेगा। इसलिए अपने लक्ष्यों पर काम करके और उन्हें हासिल करके अपने आत्म-सम्मान को बढ़ाने का प्रयास करें। शरीर की छवि के इन मुद्दों को यदि हल न किया जाए तो आगे चलकर वे मानसिक रोगों का कारण भी बन सकते हैं जैसे अवसाद, खान पान सम्बन्धी विकार, सामजिक घबराहट आदि। इसलिए अपने स्वास्थ्य और आत्म-मूल्यांकन की भावना को काबू में लाने के लिए उन सभी मुद्दों से कस के निपटें।

अभ्यास -18

जीवन में आपके लक्ष्य क्या हैं?

1. ---

2. ---

3. ---

4. ---

5. ---

आप कैसा इंसान बनना चाहते हैं?

वो कौन-से गुण हैं, जिन्हे अपनाना चाहते हैं?

1. ---

2. ---

3. ---

4. ---

5. ---

वो कौन-से कौशल हैं, जिन्हे आप सीखना चाहते हैं?

1. ---

2. ---

3. ---

4. ---

5. ---

एकाग्रता की कठिनाइयाँ

अधिकांश युवा ध्यान और एकाग्रता की कमी से जूझते हैं। वे हाथ में लिए गए कार्य पर ध्यान केंद्रित करने में असमर्थ होते हैं क्योंकि उनका मन उनके चारों ओर अनगिनत खिंचावों के कारण अलग-अलग दिशाओं में खिंचा जाता है। माता-पिता, शिक्षक और युवा भी इस प्रकार विचलित होने के लिए खुद को ही दोषी मान सकते हैं, लेकिन तथ्य कुछ और ही है। शोध से पता चलता है कि किशोरों का दिमाग अभी भी विकसित हो रहा है और उनमें बहुत अधिक ग्रे मैटर है, जिसका अर्थ है कि सूचना प्रसंस्करण धीमा है। नतीजतन, वे दूसरी दिशाओं में खिंचने लगते हैं और वे जो कर रहे होते हैं, उस पर ध्यान नहीं केंद्रित कर पाते। एकाग्रता की कठिनाइयों से शिक्षाविद सबसे अधिक प्रभावित होते हैं। यह बहुत अधिक दबाव और चिंता पैदा करता है। यद्यपि आप एकाग्रता की जिन कठिनाइयों का सामना कर रहे हैं, वे प्रकृति में जैविक हैं, फिर भी आप अपनी एकाग्रता में सुधार करने के लिए बहुत कुछ कर सकते हैं।

1. जब पढ़ाई में एकाग्रता की बात आती है, तो लोग अवास्तविक उम्मीदें लगाने लगते हैं, लगातार दो घंटे पढ़ाई करने की उम्मीद न करें। हर 40 मिनट बाद 5-10 मिनट का ब्रेक लें। अगर आपको डर है कि आपका ब्रेक लंबा खिंच जाएगा, तो उठने से पहले अपने फोन में एक रिमाइंडर लगाएँ या किसी वयस्क से 10 मिनट में आपको याद दिलाने के लिए कहें। अगर आपको लगता है कि आप 40 मिनट भी एकाग्र नहीं रह सकते हैं, तो फिर पढ़ने के लिए बैठ जाएँ। ऐसा तब तक करें जब तक आप विचलित न हो जाएँ। जब आप विचलित हो जाएँ, तो रुकने से पहले 10 मिनट और पढ़ें। इस तरह आप धीरे-धीरे अपनी ध्यान देने की अवधि बढ़ा पाएँगे।

2. कभी-कभी काम इतना बड़ा लगता है कि शुरू करने से पहले ही हम थका हुआ और विचलित महसूस करने लगते हैं। कार्यों को छोटे प्रबंध योग्य भागों में विभाजित करें। विषयों को अध्यायों में और बड़े अध्यायों को खंडों में विभाजित करें। एक वास्तविक लक्ष्य बनाएँ कि आप एक दिन में कितना पूरा करेंगे? आप अभ्यास के साथ ही इसका आकलन करने में बेहतर होंगे। एक समय सारिणी या जो काम करने हैं उनकी सूची बनाएँ। अगर हम ये कागज पर उतारते हैं, तो यह बोझ दिमाग से कम हो जाता है। और कामों की सूची से किसी आइटम को काटना अपने आप में सुदृढ़ीकरण है।

3. ध्यान भंग होने को समझें और उसी के अनुसार उससे निपटें:

- **घरेलू शोर और बकबक**- शोर को कम करने के लिए शोर रद्द करने वाले हेडफ़ोन या वाद्य संगीत का उपयोग करें।

- **नींद और भूख**- सुनिश्चित करें कि आप पर्याप्त नींद ले रहे हैं और पढ़ाई के दौरान खाने के लिए फल या मेवे जैसा स्वस्थ नाश्ता रखें। अपने बिस्तर पर पढ़ाई न करें क्योंकि आपका मन उसे विश्राम से जोड़ता है।

- **भाई-बहन की शरारत**- अलग कमरे में पढ़ाई करें। या फिर उनसे एक सौदा करें कि पढ़ाई के दौरान एक-दूसरे को परेशान न करें। यदि आवश्यक हो, तो उनसे वादा करें कि अगर वो आपको परेशान नहीं करेंगे तो बदले में आप उनके लिए कुछ करेंगे।

- **सोशल मीडिया नोटिफिकेशन**- हर एक पिंग के बाद अपने फोन को चेक करने का प्रलोभन बहुत ही अनूठा है। जब आप पढ़ाई कर रहे हों तो अपने फोन को एक तरफ रख दें या नोटिफिकेशन को बंद कर दें।

- **बिना किसी स्पष्ट कारण के विचलित होना**- जब आप विचलित हों तो विश्राम लें। घर में घूमें, पानी या कोई अन्य पेय पियें, अपने परिवार के सदस्यों से बात करें और फिर से पढ़ाई पर वापस आ जाएँ। यह थोड़ा-सा विश्राम आपको तरोताज़ा करके फिर से ध्यान केंद्रित करने में मदद करेगा।

4. सचेतन होने से एकाग्रता बढ़ती है। सचेतन होने का अर्थ है "यहाँ और अभी" के प्रति जागरूकता बढ़ाना और उसी क्षण में होना। जब आप सचेतन होते हैं, तो आप जागरूक होते हैं कि आप विचलित हो रहे हैं और धीरे से अपने आपको सामान्यता पर वापस ले आते हैं। यदि आप ध्यान केंद्रित करने में असमर्थ महसूस करते हैं, तो विश्राम लें और निम्नलिखित कार्य करें:

- कुछ गहरी साँसें लें।
- इंद्रियों द्वारा अनुभव किये जा रहे भावों पर ध्यान दें। इस समय आप क्या देखते हैं, क्या सुनते हैं, क्या सूँघते हैं, क्या महसूस करते हैं और क्या स्वाद लेते हैं?
- अपने मन में आने और जाने वाले विचारों पर ध्यान दें।
- ध्यान दें कि आपका शरीर कैसा महसूस करता है। क्या आपको किसी भी प्रकार का तनाव है या आप आराम से हैं?
- फिर धीरे से अपना ध्यान वापस अपने काम पर ले आएँ।

दृढ़ता और अभ्यास से आप अपनी एकाग्रता में सुधार कर सकते हैं। जब हम ध्यान केंद्रित करते हैं, तो हम कम समय में अधिक काम करने में सक्षम होते हैं, तब हममें उपलब्धि की भावना अधिक होती है और इस प्रकार हमारा आत्म-सम्मान बेहतर होता है। लेकिन सबसे बड़ी बात यह है कि बढ़ी हुई एकाग्रता से हम जो हासिल करते हैं, वह हमारी चिंताओं में कमी करता है।

अव्यवस्था

बच्चों और किशोरों के बीच अव्यवस्था एक आम समस्या है। यह इतनी सामान्य है कि एक युवा व्यक्ति के जीवन के विभिन्न क्षेत्रों में इसके प्रभाव को शायद ही हम समझ पाते हैं। अव्यवस्थित होने के कारण खराब शैक्षणिक प्रदर्शन, नियमित कार्यों में व्यवधान तथा अवकाश के लिए कम समय मिलने से यह समस्या निश्चित रूप से बढ़ जाती है। यदि कोई असंगठित या अव्यवस्थित है, तो उसे निम्नलिखित समस्याएँ होंगी:

- गन्दा और अव्यवस्थित कमरा।
- किताबें, कॉपी और अन्य महत्त्वपूर्ण चीजें खो जाना।
- स्कूल या अन्य कार्यों में देर होना।
- स्कूल में क्या हो रहा है, इसकी जानकारी न होना।

- होमवर्क पूरा न कर पाना।
- कक्षा प्रस्तुतियों के सन्दर्भ में समय सीमा की जानकारी न होना या होने पर भी उन्हें पूरा न कर पाना।
- खराब शैक्षणिक प्रदर्शन, चाहे कितने भी बुद्धिमान क्यों न हों।

ये चिन्ह जो चित्र प्रस्तुत करते हैं, वह सुंदर नहीं है। कोई कल्पना कर सकता है कि एक असंगठित व्यक्ति कितनी चिंताओं से निपट रहा होगा। चीजें इतनी गड़बड़ हो सकती हैं कि वे नहीं जानते कि कहाँ से और कैसे शुरू करें। निम्नलिखित संकेतक अधिक संगठित होने में सहायक हो सकते हैं:

1. अपने आस-पास अव्यवस्था को एक-एक करके कम करने के साथ शुरुआत करें। अपने कमरे में उन जगहों की सूची बनाएँ जहाँ चीज़ें व्यवस्थित करने की सबसे पहले जरूरत है, जैसे आपका बिस्तर, दराज़, मेज़, अलमारी और यहाँ तक कि बाथरूम भी। फिर हर दिन किसी एक स्थान को व्यवस्थित करें जब तक आपके कमरे में कम से कम चीजें न हों। केवल ज़रूरी सामान ही आसपास रखें। और बाकी को कहीं और संग्रहीत किया जा सकता है या किसी को दिया जा सकता है। जो सामान काम का न हो उसे हटा दें या फेंक दें। ख़ास तौर से आपकी मेज़ न्यूनतम चीजों के साथ ठीक से व्यवस्थित होनी चाहिए। इससे आपको बेहतर पढ़ाई करने में मदद मिलेगी।

2. अपने दिन की शुरुआत महत्त्वपूर्ण कामों की सूची बनाकर करें। हर एक कार्य को खंडों में विभाजित करें और प्रत्येक को अलग-अलग नोट करें। आकलन करें कि प्रत्येक कार्य को करने में कितना समय लग सकता है। सबसे अधिक समय लेने वाले या कठिन कार्य से शुरुआत करें। उदाहरण के लिए, यदि आपको कोई असाइनमेंट जमा करना है, तो उस कार्य को विभिन्न चरणों में बाँट दें। तब वह कुछ ऐसा बन जाएगा:

- असाइनमेंट सम्बन्धी सामग्री जुटाना।
- उस संदर्भ की पुस्तकें पढ़ना।
- प्लान करना।
- असाइनमेंट लिखना।
- उसका सम्पादन करना।
- उसे जमा करना।

जब आप असाइनमेंट करने के बारे में सोचते हैं, तो यह एक बहुत बड़ा काम लग सकता है। लेकिन जब आप उसे कई भागों में तोड़ते हैं, तो यह काफी सरल हो जाता है। बस सभी आवश्यक सामग्री को इकट्ठा करें और इसे अपनी मेज़ पर रखें, फिर संदर्भ सामग्री को पढ़ना शुरू करें, एक बार में 15-20 मिनट, फिर असाइनमेंट में क्या रखा जाए, इसके बिंदु बनाएँ, फिर इसे लिखने के लिए बैठें और अंत में गलतियों की जांच करें और फिर जमा करें। आप इसे 2-3 दिनों की अवधि में बिना किसी चिंता के धीरे-धीरे कर सकते हैं, बजाय इसके कि आप इसे एक बार में पूरा करने की अपेक्षा करें और इस प्रकार उसमें देर करते जाएँ।

3. आधे दिन के बाद सोशल मीडिया, टेलीविजन, वीडियो गेम और फोन पर चैटिंग जैसी गतिविधियों में समय दे सकते हैं। दिन के आरम्भ में केवल उच्च प्राथमिकता वाले कार्यों को ही पूरा करने पर ध्यान दें। इस तरह आपका अधिकांश बोझ दिन की शुरुआत में ही हल्का हो जाएगा और आप आगे जाकर अधिक राहत महसूस कर सकते हैं। साथ ही काम या अध्ययन संबंधी कार्यों को पूरा करने के लिए ईनाम के रूप में कुछ आनंददायक गतिविधियाँ की जा सकती हैं। यह मज़ेदार गतिविधियों को प्रतिबंधित करने में भी सहायक है ताकि वे पूरा दिन न लें।

4. नियमित गतिविधियों की एक सूची बनाएँ और जब आप उन्हें पूरा कर लें तो उन पर निशान लगाते रहें। कभी-कभी नहाना, दाँत साफ़ करना, अपना बिस्तर ठीक करना, अपने कुत्ते को टहलाने के लिए बाहर ले जाना, अपना स्कूल बैग तैयार करना आदि जैसी नियमित गतिविधियाँ भी भारी लग सकती हैं। यदि आपके पास इसकी एक सूची है, तो आपके दिमाग से काफी बोझ कम हो जाता है।

नियमित रूप में किसी भी तरह की अव्यवस्था से निपटने से हमारी चिंताओं में भारी कमी आती है। साथ ही हमारे जीवन की गुणवत्ता में सुधार होता है। जब हम खुद को व्यवस्थित करते हैं, तो हम निर्णय लेने, समस्या सुलझाने में बेहतर हो जाते हैं, हमारी मनोदशा में सुधार होता है, और हमारे पास आराम करने के लिए अधिक समय होता है। यह वह कदम है जो हम वयस्क बनने और अपने जीवन के प्रत्येक पहलू की पूरी जिम्मेदारी लेने की दिशा में उठाते हैं।

भावनात्मक उतार चढ़ाव

किशोरावस्था के वर्ष परिवर्तनकारी होते हैं। इस समय बहुत सारे बदलाव हैं जो आपके शरीर और दिमाग के अंदर हो रहे हैं। जैसे-जैसे आप एक पहचान बनाते हैं, करीबी दोस्त बनाते हैं, जीवन के लिए लक्ष्य निर्धारित करते हैं, और धीरे-धीरे खुद को वयस्क बनने के लिए तैयार करते हैं, वैसे-वैसे आपकी भावनाएँ भी बढ़ती जा रही हैं। भावनाएँ शक्तिशाली होती हैं और अक्सर बढ़ते मन को अभिभूत कर सकती हैं। वे आपको झूले की तरह ही ऊँचे या नीचे ले जा सकती हैं, जो अक्सर आपको अपने नियंत्रण से बाहर महसूस होता है। यह आपकी उम्र में इतना आम है कि किशोरावस्था लगभग "भावनात्मक उतार-चढ़ाव" का ही पर्याय बन गया है। हालाँकि यह सामान्य होता है, फिर भी ये हमारी चिंताओं को बढ़ाता है। लेकिन हम चीजों को देखने या करने के तरीके में कुछ बदलाव करके अपनी भावनाओं को स्थिर करने पर काम कर सकते हैं।

1. यह समझना ज़रूरी है कि भावनाएँ आती-जाती रहती हैं। आपको हर समय उन पर कार्रवाई करने की जरूरत नहीं है। भावनाओं के बारे में एक सबसे बड़ा मिथक यह है कि जब हम एक निश्चित तरीके से महसूस करते हैं, तो हमें इसके बारे में कुछ करने की आवश्यकता होती है। तथ्य यह है कि जब हम नकारात्मक भावनाओं पर कार्रवाई करते हैं, तब हम उनकी तीव्रता और हमारे जीवन पर पड़ने वाले प्रभाव को बढ़ाते हैं। इसलिए नकारात्मक भावनाओं के बावजूद आप जो कर रहे हैं, उसे जारी रखना चाहिए और उन्हें स्वाभाविक रूप से होने देना सबसे अच्छा है। ऐसा करना मुश्किल लगता है, लेकिन असंभव नहीं है। हर दिन, अनगिनत बार हम अपनी भावनाओं को अक्सर नज़रंदाज़ करके वही करते हैं, जो हमें करना होता है।

विचार बिंदुः सुबह-सुबह आलस महसूस करने के बावजूद आत्म नियंत्रण से ही आप कैसे अपने बिस्तर से उठ पाते हैं? अपने अध्यापक के भाषण से ऊबते हुए भी आप कैसे बाहरी तौर से उसमें रुचि दिखा पाते हैं? किसी मौखिक परीक्षा (वायवा) में घबराते हुए भी आप कैसे आत्मविश्वास बनाए रहते हैं?

ऐसा इसलिए क्योंकि उस वक़्त आप अपनी भावनाओं को परे रखके उचित व्यवहार पर ध्यान देते हैं। हम सब दिन में कई बार ऐसा करते हैं। इसका मतलब हम ऐसा जब चाहें, तब कर सकते हैं।

अपने व्यवहार पर ध्यान देना ज़रूरी है न कि भावनाओं पर क्योंकि व्यवहार पूरी तरह से हमारे नियंत्रण में है। गुस्सा महसूस करना ठीक है, लेकिन गुस्से में आक्रामक होना बिल्कुल ठीक नहीं है। इसी तरह अगर आपको समय-समय पर दुःख होता है तो ठीक है। लेकिन एक दुःखी व्यक्ति की तरह व्यवहार न करें। ऐसा करने से आपको मदद नहीं मिलेगी बल्कि अधिक समस्याएँ और चिंताएँ पैदा होंगी।

ऐक्टिविटी -11

रोज़ रात में सोने से पहले ऐसी तीन चीज़ों के बारे में सोचें जिन्होंने आपको उस दिन ख़ुश किया हो।

2. ख़ुशी बड़ी-बड़ी बातों में नहीं होती। यह छोटी-छोटी रोजमर्रा की चीजों में होती है। दुर्भाग्य से हम अपने आस-पास हर दिन होने वाली अनगिनत छोटी-छोटी बातों पर ध्यान नहीं देते, जिससे हम ख़ुश हो सकें। इसलिए, आराम और आनंद प्रदान करने वाली छोटी-छोटी बातों पर ध्यान देना ज़रूरी है। यह गर्म पानी से नहाने, तेल मालिश करवाने, अपना पसंदीदा पेय पीने, ठंडी हवा में छत पर टहलने, किसी खाने के बनने पर उसकी सुगंध आने या अपने पालतू जानवर के साथ खेलने को महसूस करने जैसा कुछ भी छोटा अनुभव हो सकता है। ऐसी बहुत-सी गतिविधियाँ हैं जो हमें शांत महसूस करने में मदद करती हैं चाहे वह संगीत सुनना हो, साइकिल चलाना, या अपने दोस्तों से बात करना हो।

हमें यह सुनिश्चित करना चाहिए कि हर दिन हम कुछ सुखद गतिविधियों और कुछ ऐसी गतिविधियों में संलग्न हों जो हमें उपलब्धि की भावना दें। इसलिए यह भी महत्त्वपूर्ण है कि मम्मी पापा की मदद करें या अपने छोटे भाई बहन को पढ़ाएँ अथवा घर के अन्य ज़रूरी काम करें। ये आपके दिन को सार्थक और ख़ुशनुमा बनाने के लिए ज़रूरी हैं। ज़िम्मेदारी वाली गतिविधियों की उपेक्षा करके सिर्फ सुखद गतिविधियाँ करने से कोई फायदा नहीं होगा। यहाँ संतुलन सबसे अधिक महत्त्वपूर्ण है।

अभ्यास -19

ऐसी कुछ चीज़ों की सूची बनाइए जिनके लिए आप आभार महसूस करते हों।

1) --

2) --

3) --

4) --

5) --

6) --

7) --

8) --

9) --

10) --

3. अपने आशीर्वादों को गिनना एक शानदार तरीका है अपने आपको याद दिलाने का कि आपके पास एक अच्छा जीवन है। हम सभी के जीवन में अच्छी चीज़ें होती हैं, लेकिन हम केवल अपनी समस्याओं पर ध्यान केंद्रित करते हैं या उस पर जो हमारे पास नहीं है। आपको इसका एहसास नहीं होगा लेकिन आपकी अच्छी सेहत, आपके सिर पर छत, प्लेट में खाना, अपना कहने के लिए एक परिवार, सभी आशीर्वाद हैं। यदि आपको लगता है कि ये बुनियादी बातें हैं, तो किसी ऐसे व्यक्ति से पूछें, जिसके पास ये नहीं हैं। यदि हम अपने आशीर्वादों के प्रति कृतज्ञ होने में समय बिताते हैं, तो हम अपनी चिंताओं से निपटने के लिए पर्याप्त शक्ति प्राप्त कर सकते हैं। कई अध्ययनों में पाया गया है कि कृतज्ञता हमारे मन को सकारात्मक रूप से प्रभावित करती है।

4. जीवन में कभी-कभी ऐसे भी दिन हो सकते हैं जब आप बहुत ज़्यादा उत्साहित महसूस कर रहे हों। यह भी संभव है कि कुछ सुस्त दिन हों। यह किसी तनावपूर्ण घटना के कारण हो सकता है या कभी-कभी बिना किसी स्पष्ट कारण के भी हो सकता है। जिस तरह अधिक उदास महसूस करना अच्छा नहीं है, वैसे ही अधिक उत्साहित महसूस करना भी स्वागत योग्य नहीं है। यह आपको जल्दबाज़ी में निर्णय लेने, अति सक्रिय होने तथा अंत में परेशान होने के लिए मजबूर कर सकता है। इसलिए अपनी दिनचर्या में थोड़ा "शांत समय" जोड़ना भी महत्त्वपूर्ण है। इस दौरान कुछ आराम देने वाली गतिविधि करें जैसे कोई किताब पढ़ना या "योग", प्राणायाम या ध्यान लगाना। अगर आपका किसी काम में मन नहीं लग रहा है तो किसी जगह शांत होकर अपने विचारों के साथ बैठना भी अच्छा है। ज़्यादातर हम बोरियत से बचने की कोशिश करते हैं। लेकिन जब हम हर समय व्यस्त रहने की कोशिश करते हैं, तो हम शांतिपूर्ण और आराम के पलों को भी खो देते हैं।

5. अव्यवस्थित होने का भी असर आपके मन पर पड़ता है। अपने परिवेश को व्यवस्थित और साफ रखना मन को बेहतर करने के लिए कारगर सिद्ध हुआ है। अपना गृहकार्य, पढ़ाई और अन्य कार्यों को करने में व्यवस्थित होने से आपको अधिक स्थिर और नियंत्रण में महसूस करने में मदद मिलेगी। इसी तरह दिनचर्या का पालन करना भी मन को स्थिर करने में भूमिका निभाता है। इसका मतलब यह नहीं है कि आपको अपने दिन की मिनट दर मिनट योजना बनाने की जरूरत है। बस एक नियमित दिनचर्या का पालन करें। देखें कि आपको क्या जँचता है और उसी के अनुसार अपनी दिनचर्या तैयार करें। आप यह तय करने के लिए सबसे अच्छे व्यक्ति हैं कि क्या आप सुबह या शाम को बेहतर पढ़ पाते हैं, क्या आप दोपहर में झपकी लेना चाहते हैं और बिना विश्राम लिए आप कितने समय तक अध्ययन कर

सकते हैं। इसलिए इन सभी बातों का ध्यान रखें और अपनी जरूरत के हिसाब से एक समय सारिणी बनाएँ।

6. इस समय सारिणी में कम से कम 8-9 घंटे की नींद, पौष्टिक भोजन और हर दिन कम से कम 30 मिनट का शारीरिक व्यायाम शामिल होना चाहिए। व्यायाम से हमारे शरीर में एँडोर्फिन नाम के हॉर्मोन का संचार होता है जो "ख़ुशी पैदा करने वाला रसायन" है और मन में सुधार करता है। चीनी, प्रोसेस्ड और कैफीनयुक्त खाद्य पदार्थ जैसे कोल्ड ड्रिंक, चॉकलेट और निश्चित रूप से चाय/कॉफी का सेवन कम करना भी स्वाभाविक रूप से चिंता से निपटने के लिए महत्त्वपूर्ण है।

7. अपनी भावनाओं को अच्छी तरह से नियंत्रित, प्रयोग और महसूस करें। उन्हें दबाए बिना या खुद को विचलित किए बिना। आप कुछ समय के लिए अपनी भावनाओं के साथ रहकर, उनके बारे में लिखकर, अपने मित्रों या परिवार के साथ अपनी भावनाओं को साझा करके, ऐसा कर सकते हैं। जब हम भावनाओं को नियंत्रित करते हैं, तो उनकी तीव्रता कम हो जाती है। जब हम उन्हें एक तरफ धकेल देते हैं, तो वे तब तक जमा होती रहती हैं जब तक आप उन्हें संभाल नहीं पाते। तब आप ऐसा व्यवहार करने लगते हैं जैसे छोटी-छोटी बातों पर रोना, चिल्लाना या परेशान होना। इसलिए मंथन करके इन्हें कम करने में ही समझदारी है।

भावनात्मक उतार चढ़ाव पर यदि ध्यान नहीं दिया जाए तो ये मानसिक विकार और कई मनोवैज्ञानिक कठिनाइयों का कारण बन सकते हैं। यदि आप अपनी भावनाओं को नियंत्रित करने में सक्षम हैं, तो आप दैनिक जीवन की चुनौतियों से अधिक प्रभावी ढंग से निपटने में सक्षम होंगे और साथ ही साथ अपने लक्ष्यों को प्राप्त कर सकेंगे।

नौ

तनाव प्रबंधन का- क, ख, ग!

बचपन में जिन कारणों से छोटे बच्चे तनाव का अनुभव करते हैं, वे उनकी बहुत ही आरंभिक आवश्यकताओं तथा आशंकाओं से जुड़े होते हैं। जैसे भूख, चोट, नींद, दर्द, डर तथा अपनी बात को सही से समझा न पाना। चिंताओं और तनावों का अनुभव तो आगे भी उसी प्रकार का होता है, लेकिन बड़े होने पर उनके कारण बदल जाते हैं। जैसे शिक्षा का दबाव, जिसमें स्कूल जाना, स्कूल का काम, होम वर्क तथा परीक्षाएँ। मित्रों सेव झगड़ा। माता-पिता के बीच मतभेद, घरेलू तनाव या अपने साथ बड़ों का व्यवहार। शरीर में बदलाव और अपनी खुद की छवि को लेकर चिंता। मनोरंजन, ऑनलाइन मैत्रियाँ, वीडियो गेम्स और मोबाइल संपर्क में हद से अधिक रुचि बढ़ने के कारण बड़ों से डाँट-फटकार तथा समय नष्ट होने पर स्कूल में खराब प्रदर्शन। इसी तनाव और चिंता को हमने अभी तक विस्तार से समझा है। अब उस पर काबू पाने या उसे मैनेज करने के तरीकों पर ध्यान देंगे। इसलिए इन्हें ध्यान से समझिए :

कसरत करें: हर दिन लगभग 20-30 मिनट कसरत करने से आपको अनेक प्रकार की चिंताओं से लड़ने में मदद मिल सकती है। कसरत से सम्बंधित रसायन एँडोर्फिन मूड को अच्छा करता है और चिंता को कम करता है। इतना ही नहीं, व्यायाम से शरीर में बेहतरीन बदलाव आते हैं और उन्हें महसूस करके व्यायाम करने वाले का आत्म-विश्वास बढ़ता है तथा शरीर में प्रसन्नता के हारमोंस बनने के कारण किसी के भी व्यक्तिव में एक सकारात्मक परिवर्तन आ जाता है।

आत्म-संवाद: खुद से सकारात्मक बातचीत करने से भी चिंता और तनाव से जूझने में मदद मिलती है। हमारे आसपास के लोग क्या कहते हैं, उससे ज़्यादा यह मायने रखता है कि हम खुद से क्या कहते हैं। इसलिए अपने खुद के मित्र बनें और अपने आपसे सकारात्मक तथा प्रोत्साहित करने वाली बातें करें।

यहाँ कुछ सुझाव हैं कि आप खुद से कैसे और क्या सकारात्मक बातचीत कर सकते हैं?

1. **सोच-संभलकर खुद से बतियाएँ:** याद रखिए जो हम सोचते हैं, वही हम बोलते हैं और जब हम खुद से उत्साहवर्धक बातचीत का मन बनाते हैं, तब एक तरह से अपने मन-मस्तिष्क को यह सन्देश भेज रहे होते हैं, कि हमें आगे किस तरह की सोच रखनी है? इसलिए खुद से बातचीत करने के लिए दयालु और उत्साहवर्धक शब्दों पर ही ध्यान केन्द्रित करें। ये सोच आपके मस्तिष्क को आगे तक प्रभावित करेगी।
2. **समाधान पर फोकस:** यदि आप किसी समस्या के बारे में सोचें तो उसके संभावित समाधान पर ध्यान दें। इससे आपके मस्तिष्क को हर प्रकार की परिस्थितियों में रास्ता बनाने के विचार बढ़ेंगे और आप आसानी से निराश नहीं हुआ करेंगे।

3. **सार्थक सोच का अभ्यास:** नियमित रूप से प्रतिदिन खुद से कुछ समय सकारात्मक बातें करने का अभ्यास कीजिए और जब मौक़ा मिले भविष्य में भी खुद को आधिक परिश्रम करने के लिए प्रेरित करें।

4. **नकारात्मकता का मुकाबला:** अगर आपके मन में किसी प्रकार के निराशाजनक विचार आयें, तो खुद से ही प्रश्न कीजिए और याद कीजिए कि पहले ऐसी परिस्थितियों में आप कैसे सफल हुए थे। इस अभ्यास से आपको नकारात्मक परिस्थितियों में खुद को मजबूत बनाये रखने में मदद मिलेगी।

5. **कभी न भूलें:** चिंता और तनाव के पलों में खुद के प्रयासों पर भरोसा रखें। याद रखिए कि तनाव से समस्या मिटती नहीं, बढ़ती है। विश्वास रखें कि हर चुनौती एक नया अवसर है। भले ही परिणाम उम्मीदों के अनुरूप न हों, आपको अपने प्रयासों को महत्त्व देना चाहिए। सदा याद रखें कि आपकी मदद करने के लिए आपके मित्र, परिवार और शिक्षक आपको उपलब्ध हैं।

साँसों का जादू: जब आप अत्यधिक चिंतित या बेचैन महसूस कर रहे हों तो गहरी साँस लेने से आपको शांत होने में मदद मिल सकती है। ध्यान और एकाग्रता में भी सुधार करने के लिए ये बहुत अच्छा तरीका है। ऐसा इसलिए होता है क्योंकि हमारा दिमाग और शरीर जुड़ा हुआ है। यदि हम शरीर को शिथिल करते हैं, तो मन भी शिथिल होता है।

घबराहट का समय: हम सबको हमेशा घबराहट से बचने के लिए कहा जाता है। "परेशान मत हो" ऐसी सलाह दी जाती है। इसलिए हम घबराहट को कभी पूरी तरह महसूस नहीं करते। यदि हम घबराहट भरे विचारों को जान बूझकर आने दें तो हमारा दिमाग ख़ुद ही उनका अभ्यस्त हो जाता है। और जब ऐसा होता है तो घबराहट भरे विचार कम हो जाते हैं। और हमें ये भी समझ आ जाता है कि वे विचार उतने डरावने नहीं जितने दूर से लगते हैं।

चिंता का स्वाद: चिंता एक तीव्र भावना है जो हमें डुबो देती है। इस भावना से अक्सर हम बचना चाहते हैं। ऐसा करने के लिए या तो हम अपना ध्यान किसी अन्य गतिविधि में बाँट देते हैं या इस भावना को अंदर ही अंदर दबा देते हैं। समाज भी हमें हमेशा अच्छा महसूस करने के लिए प्रेरित करता है और इसलिए हम नकारात्मक भावनाओं की उपेक्षा करने लगते हैं। पर ऐसा करने से वो कहीं चली नहीं जाती। वो दिल के किसी कोने में जमा होती रहती हैं और समय-समय पर अलग-अलग तरीकों से छलक जाती हैं। इसलिए बेहतर होगा कि अपनी सकारात्मक भावनाओं की तरह चिंताओं का भी मज़ा चखें। गौर करने वाली बात ये है कि अपनाने से और महसूस करने से चिंताएँ कम होती हैं, बढ़ती नहीं।

छोटी-छोटी खुशियाँ: हम सब ख़ुश होना चाहते हैं। लेकिन ख़ुशी क्या है ये समझ नहीं पाते। हम बड़ी चीज़ों में खुशियाँ ढूँढ़ते हैं जैसे कि काम में तरक्की, लाटरी जीतना, उपहार पाना आदि। जबकि प्रतिदिन ऐसी अनेक चीज़ें होती हैं जो हमें ख़ुश करती हैं- जैसे ख़ुशनुमा मौसम में टहलना, फुर्सत से चाय-काफी की चुस्की लेना, अपना पसंदीदा संगीत सुनना, छोटे भाई-बहन के साथ खेलना, माँ की गोदी में सर रखके लेटना आदि। इन चीज़ों को हम न पहचान पाते हैं न इनसे जुडी ख़ुशी को महसूस कर पाते हैं। यदि आप इन छोटे-छोटे अनुभवों की सूक्ष्म ख़ुशी को अपनाएँगे तो चिंताओं का डट कर मुक़ाबला कर सकेंगे।

'नो जंक फ़ूड': मीठा खाना या जंक फूड अस्थायी रूप से आपके शरीर में बहुत-सी ऊर्जा बढ़ा सकता है। लेकिन जब ऊर्जा कम हो जाती है, तो आप मूड में भी गिरावट का अनुभव करते हैं। चॉकलेट, कोला या कॉफी जैसे कैफीनयुक्त खाद्य पदार्थों का अत्यधिक सेवन चिंता और घबराहट से जुड़ा हुआ पाया गया है। इसलिए इनके उपयोग पर काबू करना आवश्यक है। जंक-फ़ूड से भी चिंता और तनाव की भावनाओं को जुड़ा पाया गया है।

बात और बहस: अक्सर किशोरावस्था में कोई बात बुरी लगने पर हम आक्रामक होकर अपनी बात कहते हैं। इससे व्यर्थ लड़ाई-झगड़ों का जन्म होता है और फिर भी हमारी बात कोई नहीं समझ पाता। इसलिए बेहतर होगा कि हम अपने साथ-साथ दूसरों की भावनाओं और उनके पक्ष को समझते हुए मुखरता से अपनी बात सामने रखें। शोध बताते हैं कि मुखरता से बात करने से हमारी घबराहट और चिंता नियंत्रण में आ सकती है।

टालमटोल से बचें: जब हमारे सामने मुश्किल कार्य होते हैं तो हम अक्सर उन्हें टाल देते हैं क्योंकि हम क्षणिक राहत चाहते हैं। लेकिन ऐसा करने से कई दूसरी समस्याएँ उत्पन्न हो सकती हैं। काम न करने से उसका तनाव ख़त्म नहीं हो जाता बल्कि दिमाग पर एक बोझ बनके जमा रहता है। इसके अलावा हम मुश्किल कार्यों को टालने के आदि हो जाते हैं। ये आदत हमारी चिंताओं में बढ़ोतरी करती है। इसलिए "कल करे सो आज कर" का नारा अपनाना बेहतर होगा।

चेहरा धोएँ: रिसर्च में पता चला है कि ठन्डे पानी से चेहरा धोने से हमारे शरीर की वेगस नर्व को एक खास किस्म के संकेत भेजने की शुरुआत करता है, इससे मस्तिष्क में विश्राम या शान्ति की प्रतिक्रिया चालू होती है तथा हृदय गति को भी नियंत्रित करने में मदद मिलती है। तनाव काबू में आ जाता है।

डायरी लिखना: डायरी रखना भावनात्मक रूप से एक स्वस्थ आदत है। प्रतिदिन अपने विचारों और भावनाओं को एक डायरी में लिखने से उन्हें समझने, नियंत्रित करने तथा अपने लक्ष्यों पर नज़र रखने में मदद मिलती है। अगर आपको लिखना पसंद नहीं है, तो ऑडियो नोट्स रिकॉर्ड करने का प्रयत्न करें। जब आप डायरी लिखते या ऑडियो-वीडियो नोट्स बनाते हैं, तब आप अपनी भावनाओं को सही तरह से सँजोने का प्रयास करते हैं, इससे आप चिंता से एक सीमा तक मुक्त हो जाते हैं, क्योंकि आपका ध्यान उससे हट कर अनेक बातों पर चला जाता है।

गहरी नींद: बच्चों और किशोरों को रोजाना 8-9 घंटे की नींद की जरूरत होती है। कक्षाओं, पढ़ाई, सोशल मीडिया और मनोरंजन से भरी दिनचर्या के कारण आप मुश्किल से इतनी नींद ले पाएँगे। हालाँकि अच्छी नींद के महत्त्व पर पर्याप्त बल नहीं दिया जाता है, लेकिन बढ़िया नींद मन को शांत करने के लिए बेहद आवश्यक है।

तुलना से बचें: अपनी कक्षा में या सोशल मीडिया पर लोगों को देखकर आपको अवश्य लग सकता है कि आप सबसे गए गुज़रे हैं। लेकिन ये केवल आपकी सोच है। आप अपनी कमियों की दूसरों की उपलब्धियों से तुलना कर रहे हैं। इसके अलावा आप किसी को ऊपरी तौर से जानकर ये समझ रहे हैं कि उसकी ज़िन्दगी खूबसूरत है और आपकी काँटों से भरी है। लेकिन ये दोनों ही बातें अतार्किक हैं। इसलिए खुद को बेहतर बनाने की कोशिश अवश्य करें, लेकिन दूसरों से तुलना को त्याग दें। किसी से अपनी तुलना करना तनाव बढ़ाता है।

'एकांत समय': हर कोई शान्ति की तलाश में है। लेकिन ऐसा कितनी बार होता है कि हम सब कुछ छोड़कर खाली बैठें? हम हर वक़्त किसी न किसी काम में व्यस्त रहते हैं। कुछ न मिले, तो हम अपना मोबाइल खोलकर बैठ जाते हैं। तो आखिर हमें शान्ति कैसे मिलेगी? यदि शान्ति चाहते हैं तो रोज़ाना थोड़ा समय खुद को दीजिए। सबसे दूर एकांत में बिना कुछ किये आराम से शांत बैठने का समय निकालिए। इस दौरान आप केवल अपनी संवेदनाओं और भावनाओं को महसूस कीजिए। इससे बहुत चैन मिलेगा।

दूसरों की सेवा: दूसरों की मदद करने से मूड पर सकारात्मक प्रभाव पड़ता है। चाहे वह आपके भाई-बहन को एक स्कूल प्रोजेक्ट पूरा करने में मदद करना हो या अपने दादा-दादी को उनका कमरा साफ करने में मदद करना हो या पड़ोसी कहीं बाहर जाएँ तो उनके पीछे उनके पौधों को स्वेच्छा से पानी देना, ये सब जीवन के बेहतर और आसान उद्देश्यों को महसूस करने

का एक आसान लेकिन कारगर तरीका है। इससे चिंता और तनाव तेज़ी से कम होता है।

ध्यान लगाएँ: अपने आस-पास के बारे में पूरी तरह से अवगत होना, अपनी साँसें और अपने शरीर में होने वाली संवेदनाओं पर ध्यान केंद्रित करना तनाव कम करने का एक अच्छा तरीका है। कई बार यह काम विशेषज्ञों की देख-रेख में किया जाता है। उसमें विश्राम की भावना को महसूस करने के लिए सकारात्मक छवियों का उपयोग किया जाता है। इसके अनगिनत टेप इंटरनेट पर उपलब्ध हैं। आप उनमें से कुछ को सुन सकते हैं और उनमें से जिसे सबसे अधिक सुखद समझें, उनको चुन सकते हैं। इस कार्य में अपने शरीर की सभी पांच इंद्रियों को शामिल करना चाहिए। इन भावनाओं में समुद्र तट, बगीचे या एक सुखद व्यक्तिगत स्मृति जैसे विभिन्न विषयों की कल्पना की जा सकती है।

नकारात्मकता में सुधार: हम सभी को समय-समय पर समस्याग्रस्त या चिंताजनक विचार आते हैं। उन्हें सोच की त्रुटियाँ कहा जाता है। अगर हम उन्हें वैसे ही स्वीकार कर लेते हैं, जैसे वे हैं और उन पर अमल करने लगते हैं, तो वे हमारी चिंताएँ बढ़ा देते हैं। लेकिन अगर हम उन पर सवाल उठाते हैं और उन्हें संशोधित करते हैं तो हमारी सोच और हमारा व्यवहार अधिक संतुलित हो जाता है।

प्रकृति के साथ: विशेषज्ञों द्वारा निर्देशित ध्यान अधिकतर प्रकृति से जुड़ी हमारी भावनाओं और अनुभूतियों पर आधारित होते हैं। ऐसा इसलिए होता है क्योंकि प्रकृति द्वारा प्रदान की जाने वाली जगहें, ध्वनियाँ और गंध सबसे अधिक सुखदायक होती हैं। घर के पौधों की देखभाल में समय व्यतीत करना, बगीचे में टहलना, बाहर साइकिल चलाना या किसी सार्वजनिक पार्क में कुछ शांत समय बिताने से चिंता कम करने में बहुत ही अधिक मदद मिल सकती है।

मोबाइल से दूरी: हम सभी दैनिक जीवन की गतिविधियों के लिए अपने मोबाइल और अन्य गैजेट्स पर बहुत अधिक निर्भर हो चुके हैं। कई बार ऐसा करना ज़रूरी होता है। लेकिन जहाँ तक संभव हो फ़ोन के उपयोग को कम करने से हम सभी लाभान्वित हो सकते हैं क्योंकि यह मूड को नकारात्मक रूप से प्रभावित करने और अस्वस्थ नींद के लिए जाना जाता है। एक दिन मोबाइल से दूर रह कर देखें और सोचें, तनाव भी कुछ कम हुआ या नहीं?

बुरे विकल्पों से दूरी: बुरे विकल्प जैसे शराब, नशीले पदार्थ, चोरी, हिंसा और यहाँ तक कि रोज़मर्रा के बुरे विकल्प जैसे कम सोना, अस्वास्थ्यकर भोजन करना आदि खराब भावनात्मक स्वास्थ्य का कारण बनते हैं। अच्छे विकल्प केवल वे नहीं होते जो नैतिक, कानूनी या आध्यात्मिक रूप से सही हों बल्कि वे होते हैं जो भावनात्मक रूप से भी आपके लिए सही हों। बुरे विकल्प किसी तरह से कोई मदद नहीं करते।

भारी काम के टुकड़े: जब भारी कार्यों का सामना करना पड़ता है, तो हो सकता है कि आपको पता न चले कि कहाँ से और कैसे शुरू किया जाए। बड़े कार्यों को यदि छोटे, प्रबंध योग्य ऐसे भागों में विभाजित किया जाए, जिन्हें आप एक-एक करके कर सकते हैं। तो वह बड़े से बड़े कार्य को आसानी से पूरा करने में मदद दे सकता है। चिंता और तनाव से निपटने के लिए यह एक बहुत ही उपयोगी रणनीति है।

अपनों की सहायता लें: भावनात्मक स्वास्थ्य और स्थिरता के लिए सामाजिक समर्थन महत्त्वपूर्ण है। हमारी मुश्किलों में मित्र और परिवार हमें तनावपूर्ण स्थितियों से निपटने के लिए भावनात्मक समर्थन देते हैं। उन लोगों से मिलना या उनके गले लगना, जिन्हें हम प्यार करते हैं, हमारे मस्तिष्क में ऑक्सीटोसिन नामक हॉर्मोन पैदा करता है। ऑक्सीटोसिन चिंता की भावनाओं को कम करता है। पालतू जानवरों के साथ खेलना भी एक बहुत आरामदायक गतिविधि है। उससे भी तनाव कम होता है।

योग और प्राणायाम: योग और प्राणायाम शरीर, मन और आत्मा को एक साथ लाभ देता है। यह हमारी शारीरिक सहनशक्ति बढ़ाने में मदद करता है, शरीर की जागरूकता को प्रोत्साहित करता है और एकाग्रता को भी बढ़ाता है। जहाँ योग आपके मन-मस्तिष्क को चुस्त बनाता है। मन को शांत करता है, वहीं प्राणायाम हमारी आँतरिक प्रणालियों को ऑक्सीजन देकर सक्रिय बनाये रखता है। चिंता और तनाव को मिटाता है।

रचनात्मकता से लाभ: रचनात्मक गतिविधियाँ एक ही समय में उपलब्धि और आनंद दोनों की भावना प्रदान करती हैं। ऐसे में वे मूड को बेहतर बनाने के लिए एक अचूक नुस्खा हैं। किसी भी तरह की रचनात्मक गतिविधि चिंता को टिकने ही नहीं देती।

लत से बचें: इस बारे में हम पहले भी बात कर चुके हैं। अक्सर चिंता में घिरे लोग किसी न किसी नशे या व्यवहार की अति कर देते हैं। ऐसा करने से हमको भले ही क्षणिक राहत या आनंद मिलता है, जो हमें इन व्यसनों का गुलाम बनाये रखने का काम करता है, परन्तु अनगिनत कारणों से ये एडिक्शन अपने आप में बेहद चिंताजनक बन जाते हैं और साथ ही हमारी दूसरी चिंताओं को कम करने में भी सहायक नहीं होते। इसलिए हर किस्म की लत से बचना चिंता से बचने के लिए अति महत्त्वपूर्ण है।

व्यवस्थित रहें: अपने आस-पास अव्यवस्था और गंदगी कम करें और अपने कमरे और कार्यों को व्यवस्थित करें। अपनी दिनचर्या और पढ़ाई से लेकर मौज-मस्ती तक हमें हर दिन अनगिनत काम करने पड़ते हैं। संगठित होने से आपको अधिक काम करने और बेहतर महसूस करने में मदद मिलती है। आसपास की अव्यवस्था हमारी चिंताओं को बढ़ाती है।

रुचियों का महत्त्व: विभिन्न रुचियाँ हमको आनंद, समय का बढ़िया उपयोग, रचनात्मक अभिव्यक्ति और कुछ सार्थक सीखने का अवसर प्रदान करती हैं। हमारे अच्छे शौक हमें और दूसरे लोगों से जुड़ने और अपना व्यक्तित्व

निखारने में भी मदद करते हैं। इसलिए कुछ न कुछ अच्छी रुचि अपनाएँ। निस्संदेह इससे आपका तनाव कम होगा।

संगीत का आनंद: हर तरह का संगीत, ख़ास तौर से वाद्य संगीत किसी भी तरह के तनाव या चिंता को दूर करने तथा एकाग्रता बढ़ाने में अत्यंत प्रभावी पाया गया है। यह बहुत सुखदायक और आराम देने वाला तरीका भी है।

हँसी मज़ाक: आप ख़ुश होते हैं और फिर हँसते हैं। लेकिन क्या आप जानते हैं कि यह दूसरे तरीके से भी काम करता है? अगर आप हँसेंगे तो आप ख़ुश हो जाएँगे। बस अपनी बाहों को फैलाएँ और बेवजह "हा हा हा" करें। फ़ौरन ही आपको लगेगा कि आपका मन ख़ुश और हल्का अनुभव कर रहा है। इसके अलावा दोस्तों रिश्तेदारों से हँसी मज़ाक करने से भी चिंताओं में कमी आती है और इससे हमें अपनी समस्याओं को एक नयी नज़र से देखने में भी मदद मिलती है।

क्षमा मांगें: बहुत बार किसी चिंता का कारण हमारे ही कुछ बेतुके व्यवहार का हैं, जिनके बाद हमारे मन में यह ग्लानि पैदा हो जाती है कि मैंने ठीक नहीं किया। इसके कारण मन में दो तरह की चिंताएँ या तनाव उत्पन्न होते हैं, पहला तो यह कि जो हमने किया उसका नतीजा क्या झेलना पड़ेगा या हमें अब क्या-क्या नुकसान होगा? दूसरा ये कि अब इससे निपटें कैसे? ऐसे में दूसरों से बात करना, अपनी भावनाओं को व्यक्त करना, दूसरों को सुनना और समझना सबसे अच्छा है। जिनसे आपको समस्या है, बहुत-सी बार उनसे शांति से बात करने से न केवल समस्या का समाधान मिल जाता है, बल्कि अनेक बार जिससे मतभेद हुए, वही आपका सबसे अच्छा दोस्त भी बन जाता है। अपनी गलती को स्वीकार करना ऐसे मामलों में जादुई असर दिखाता है।

चिंता का त्रिशूल: शारीरिक, मानसिक और व्यवहारिक पीड़ाओं को चिंता का त्रिशूल समझिए। शारीरिक रूप में चिंता हमारे दिल की धड़कन और

साँसों को तेज़ करती है। पसीना-कंपकंपी-झनझनाहट तथा सीने पर दबाव जैसी शारीरिक संवेदनाओं को जन्म देती है। चिंता के मानसिक लक्षणों में चिंताजनक विचार और भावनाएँ सबसे ऊपर हैं। ये विचार इस तरह के होते हैं, "कुछ गलत होने वाला है", "मैं यह बिल्कुल नहीं कर पाऊँगा", "मेरी तो किस्मत ही खराब है!" आदि। चिंता के व्यावहारिक लक्षण कई तरह के होते हैं, जो परिस्थितियों से बचने, डरने, अंतर्मुखी होने तथा आतंकित होने के रूप में उभर आते हैं। इसलिए इन चिन्हों और लक्षणों से सतर्क रहना बेहद ज़रूरी है। अपनी चिंताओं को समझ कर ही आप उनको सही तरह काबू में ले सकते हैं।

ज्ञान की बातें: अपने से बड़े लोगों, प्रभावशाली तथा समझदार लोगों की बातें सुनना, उनके व्यक्तित्व और अनुभवों से सीखना और ज्ञान अर्जित करना हमें अपनी चिंताओं से निपटने के लिए प्रेरित करता है।

परिश्रम करें: आजकल की तेज़ दुनिया में अक्सर सब काम ऊँगली के एक इशारे पर, किसी स्क्रीन या रिमोट का एक बटन दबाकर हो जाते हैं। ऐसे में न किसी को शारीरिक श्रम करने की आवश्यकता होती है और न कोई इसका अभ्यस्त हो पाता है। कसरत के अलावा रोज़मर्रा की गतिविधियों में शारीरिक श्रम करना हमारे शरीर को स्वस्थ बनाता है तथा चुस्ती व फुर्ती देता है। इसके अलावा पढ़ाई करके, पहेलियाँ हल करके, दैनिक समस्याओं का समाधान खोजकर हम अपने दिमाग, स्मृति और ध्यान को तेज़ कर सकते हैं।

अगर आपको नहीं पता कि बेहतर कैसे महसूस किया जाए या ये सब करने पर भी आप अपनी चिंताओं का प्रबंधन नहीं कर पा रहे हैं, तो विशषज्ञों से मदद मांगने में शर्मिंदगी की कोई बात नहीं है। आप अपने माता-पिता, बड़े भाई-बहन या किसी अन्य भरोसेमंद वयस्क से मदद ले सकते हैं। यदि आप किसी मनोवैज्ञानिक के पास जा सकते हैं तो और भी आसान होगा,

क्योंकि वह आपके तनाव को सही तरह से समझ कर सुलझा सकते हैं। एक मनोवैज्ञानिक को आपकी चिंताओं से निपटने में मदद करने के लिए ही प्रशिक्षित किया जाता है, इसलिए वे वास्तव में इससे निपटने में आपकी मदद करने के लिए सबसे अच्छे लोग हैं।

संस्कृति शर्मा सिंह लगभग 15 वर्ष से क्लीनिकल साइकोलॉजिस्ट हैं। उन्होंने देश की प्रसिद्ध पत्र-पत्रिकाओं में मनोचिकित्सा के मुद्दों पर अनेक लेख लिखे हैं। मानसिक स्वास्थ्य जागरूकता पर उनकी पुस्तक "बियॉन्ड द स्टिग्मा" अत्यंत सफल मानी जाती है।

एक अनुभवी साइकोलॉजिस्ट होने के साथ ही वह स्कूल-कॉलेजों में छोटे बच्चों और युवाओं की मानसिक समस्याओं के नियमित संवाद करती रही हैं। इस पुस्तक में उन्होंने किशोर-वय के बच्चों को अपने क्लिनिकल सेशंस के अनुभवों के आधार पर विभिन्न चिंताओं को सदा के लिए दूर करने के वे तरीके सुझाए हैं, जिन्हें अपनाया जाए तो किसी बच्चे को इलाज की ज़रूरत ही नहीं रहेगी।